AF285637

Impressum

© Text und Fotos by Eva-Maria Heiland
www.Heiland-Eva-Maria.de

Erstauflage 2007
Umschlaggestaltung und Layout: Theresia Teck
Herstellung und Verlag: Books on Demand GmbH, Norderstedt

ISBN 978-3-8334-8118-5

Der Jakobsweg und ein Versprechen

Brieferzählung
Eva-Maria Heiland

Prolog

„Lieber Gott! Ich bitte um deine Hilfe. Nicht für mich, für Stefan, der mir sehr nahe steht. Ich werde das Meinige dazu tun als Fürbitte und einen großen Teil des Pilgerweges nach Santiago de Comopostela gehen. Versprochen!", so fing mein Weg zum Grab des Apostels Jakobus an.

Nachdem ich mein Gelöbnis ausgesprochen hatte, kamen immer wieder Zeichen auf mich zu, die mir mehr und mehr den Jakobsweg deuteten. Oder war es, dass meine Sinne sich danach ausrichteten?

Wusste ich, was ich da versprochen hatte? Es war auch schon einige Zeit vergangen, seit ich diesen Hilferuf nach oben schickte. Nun wollte ich mein Versprechen einlösen.

In Büchern, die ich darüber las, wurde der Jakobsweg als strapaziös, aber mit spirituellem Tiefgang beschrieben. Er könnte dem Suchenden eine andere Sicht des Lebens ermöglichen, sofern dieser sich darauf einlassen möchte. Je nach Jahreszeit säumten blühende Ginster- und Heidekrautbüsche oder wogendes Getreide den Pfad. Rote Erde und gepflügte Felder böten einen wunderbaren Gegensatz zu öden Pisten und Pfaden an lärmenden Straßen. Aber all jene, die ihn gingen, den Jakobsweg, waren erfüllt. Ich bereitete mich gerade einmal so vor, dass ich einen Überblick bekam. Ich wollte nicht schon vorweg eine Antwort haben, wollte ihn pur erleben. In der Lektüre kam oftmals die Warnung vor streunenden Hunden, auf die man Acht geben sollte. Der Ratschlag, den Pilger- oder Wanderstock als Verteidigung zu nehmen, um sie in die Flucht zu schlagen, klang für mich widersinnig.

Fragen tauchten auf: Wann ist man Pilger? Wann beginnt die Reise und wo endet sie? Auf dem Weg dorthin oder schon beim ersten Gedanken daran? Wohin führt sie mich und wie erfahre ich es? Sollte ich wirklich alleine gehen, oder im Schutz einer Gruppe? Ich vertraute meinem Bauchgefühl. Ich würde im richtigen Moment das Richtige tun. Denn, es kommt wie es kommt. Ich werde es annehmen, mag sein, was sein soll.

Dann, als ich mich auf dem Weg befand, erhielt ich so manche Antwort. Nur eine Frage blieb: Ist nicht das ganze Leben eine Pilgerschaft, mit all den wundersamen und launischen Begegnungen, durch die man erkennen soll, was wichtig ist?

Ich gab dieses Versprechen für meinen Bruder Stefan.
Ein Tumor hatte sich in seinem Kopf gebildet. Er war gezwungen, eine folgenschwere Entscheidung zu treffen. Eine Operation würde die Heilungschancen immens erhöhen, aber Komplikationen könnten auftreten und das Sprachzentrum beeinträchtigen. Ich riet ihm zu einer Operation. Er zögerte. Er war nicht allein, doch einsam in seinem Entschluss, dessen Konsequenz nur er zu tragen hatte. Was er in dieser Zeit empfand, kann nur ein Mensch nachfühlen, dem eine solche Diagnose mitgeteilt worden ist und diesen Stich durch den ganzen Körper selbst empfunden hat. Ein Mensch, der ungläubig den Arzt das Ergebnis wiederholen lässt, weil die Ohren nicht hören wollen, was sie aus dem Munde eines Fremden vernehmen. Aber, was tut man in dieser Situation als sich sorgende und zitternde Mutter, bekümmerte Frau, fassungsloser Freund oder bangende Schwester? Mut machen. Immer daran glauben, dass alles gut gehen wird. Mit Hilfe unserer ganzen Familie, unseren Freunden und mit Hilfe Gottes würden wir diese Prüfung gemeinsam durchstehen.

Er hat geholfen, die Operation verlief gut und im Mai 2005 war es dann soweit: Ich machte mich auf zum Grab des Apostels Jakobus nach Santiago de Compostela, um mein Versprechen zu erfüllen. Dabei schrieb ich meine Erlebnisse in Briefen an meinen Bruder Stefan, dem dieses Buch gewidmet ist, nieder.

Auf dem Weg nach Burgos, den 29. April 2005

Lieber Stefan,

es ist soweit. Nun bin ich in Spanien, auf dem Jakobsweg.

Mehr als fünfhundert Kilometer bis zum Grab des Apostels Jakobus in Santiago de Compostela liegen vor mir. Auf meiner Landkarte schlängelt sich leicht der „Camino de Santiago" durch Nordspanien in Richtung Atlantik. Der Jakobsweg ist einige hundert Kilometer länger. Es hängt davon ab, wo man ihn beginnt. Seit dem 12. Jahrhundert entwickelten sich vier Hauptrouten, die ihren Ursprung in den französischen Städten Arles, Le Puy, Tours und Vézely haben. Die drei letzt genannten Wege führen nach Ostabat, von da ab auf den Pass von Roncesvalles über die Pyrenäen nach Burgos, León bis nach Santiago de Compostela. Von Arles führt er nach Toulouse, ebenso über die Pyrenäen, wo man den Somportpass erreicht, weiter nach Jaca bis Puente la Reia. Hier bündeln sich auch die anderen Wege.

Ich war überrascht, wie viele verschiedene Wege man wählen kann. Ob von Deutschland, Holland, der Schweiz oder Oberitalien aus, sobald man die Pyrenäen auf französischer Seite überwindet, gibt es nur noch eine Richtung. Auf Grund dieser Historie wird der Jakobsweg auch „Camino Frances", also der französische Weg genannt. Ich bewundere Suchende, die überzeugt sind, achthundert Kilometer und mehr zu bewältigen.
Es wird sich zeigen, ob meine Entscheidung, in Burgos zu beginnen, gut war. Ich denke, dass ich sehr bald schon an meine körperlichen Grenzen stoßen werde. Deine SMS mit den Fragen: „Du beginnst in Burgos? Das ist doch in Kastilien-León. Ganz schön weit entfernt von

Santiago de Compostela. Mutest du dir da nicht zuviel zu?", macht mich nicht unbedingt furchtloser. Aber, jetzt bin ich dabei und überzeugt, dass ich diese lange Strecke schaffen werde. Schließlich war für dich die letzte Zeit viel schwieriger. Da mutet doch der Jakobsweg fast wie ein Spaziergang an.

Sorge dich nicht um mich. Scheint die Sonne am Morgen, wenn ich losgehe, werde ich meinen Schatten vor mir sehen. Dann werde ich mich auch nicht alleine fühlen. Ich schreibe dir so oft wie möglich. Du musst den Weg nicht selbst gehen. Das tu ich ja für dich. Ich lasse dich daran teilhaben.

Geh mit mir und beginne den Tag mit dem ersten Gedanken an mich. Findest du Zeit dafür? Du wirst bei jedem Schritt bei mir sein, glaube mir.

Deine
  Eva-Maria

Burgos, den 30. April 2005

Lieber Stefan,

bis gestern war ich nur gedanklich auf dem Weg. Nun wird es ernst. Ich bin aufgeregt, denn ich war zu Fuß noch nie so lange alleine unterwegs. Mir ist etwas flau im Magen. Hätte ich die Passagen mit den streunenden Wildhunden beim Lesen auslassen sollen? Werde ich solchen Hunden begegnen? Die bloße Vorstellung treibt mir Schweißperlen auf die Stirn. Dies ist meine einzige Sorge.

Offen gesagt, lieber Bruder, es war heute in Burgos schon ermüdend. Die Reise von Granada bis hierher strengte mich an. Ich gab meinen Leihwagen zurück und war von da ab zu Fuß unterwegs. Bepackt mit meinem Rucksack, einer Isomatte oben drauf und meinen Wanderstöcken ging ich ins Zentrum.

Nun sah ich von weitem die viel beschriebene und gerühmte Kathedrale von Burgos. Am Hang gebaut, überragt das aus weißem Kalkstein bestehende Kunstwerk die Stadt. Es war unklug, an einem verlängerten Wochenende die Pilgerschaft in Burgos zu beginnen. Das wurde mir schon am Ortseingang bewusst. Ich ging über die Puente de los Malatos, die Brücke der Kranken, um den Fluss Arlanzon trockenen Fußes zu überqueren. Hoffentlich ist der Name der Brücke kein schlechtes Omen. Die Stadt war sehr voll. Viele Menschen flanierten laut redend auf der Allee mit den gestutzten knorrigen Platanen am Fluss. Die Damen stolzierten entlang der Promeniermeile in eleganten modischen Schuhen und luftigen Frühlingskleidern. Die Herren wirkten nicht minder vornehm in ihren hellen modischen Anzügen. Auch von der Garderobe der tanzenden und lebhaften

Kinder konnte man den Wohlstand der Eltern ableiten. Burgos zeigte sich mir als reiche Stadt. Normalerweise erfreute ich mich an einem solchen Bild, das eine heile Welt andeutet. Nur, ich bereitete mich gedanklich schon länger auf ein spartanisches und besinnliches Pilgern vor.

Ich betrat die Kathedrale von Burgos. Sie ist eine der schönsten gotischen Kirchen Spaniens und als Weltkulturerbe in den schützenden Händen der UNESCO. Heute war sie bevölkert mit neugierigen und geräuschvollen Reisegruppen. Hier sah ich auch schon die ersten Pilger, unschwer zu erkennen. An ihren Rucksäcken baumelten mit roten Wollfäden befestigte Jakobsmuscheln. Seit jeher ist sie das sichtbare Zeichen des Jakobspilgers. Vor vielen Jahrhunderten schöpfte man mit ihr Wasser und trank das kühle Nass aus den vorbei fließenden Bächen und Flüssen. Meine Jakobsmuschel will ich nicht in diesem touristischen Tumult kaufen. Ich denke, es wird eine bessere Gelegenheit geben.

Mit meinem Pilgerpass, den ich mir bereits in München besorgt habe, hoffe ich, ein sicheres Quartier in den Herbergen zu bekommen. Du wirst erfahren, ob es auch immer klappt. Auf einem Künstlermarkt in Granada habe ich bereits ein geschnitztes Kreuz aus Kokosnussholz gekauft; es wird mich ebenfalls begleiten. So bekomme ich nach und nach meine eigenen Kleinodien zum Pilgern zusammen.

In der Kathedrale stolperte ich beinah über einen Markt an Touristenständen. Fast jeder Artikel trug das Konterfei von Jakobus. An einem der gut sortierten Stände erkundigte ich mich, wo ich meinen ersten Stempelabdruck bekommen kann. Ich war schon an der richtigen Stelle. Sie drückte ihn wie ein Siegel in meinen Pass, als Nachweis für meinen Besuch in der Kathedrale.

„Buen Camino!", das heißt: „Guten Weg!", rief sie mir noch zu, während ich den Wegweisern zum Inneren der Kathedrale folgte.

„Hier liegt der spanische Nationalheld Rodrigo Díaz de Vivar, besser bekannt als El Cid, begraben.", hörte ich eine deutschsprachige Reiseführerin erzählen. Sie führte fort: „El Cid war im 11. Jahrhundert einer der wichtigsten Feldherrn Alfonsos VI. im Kampf um Saragossa. El Cid stammt vom arabischen Wort ‚sejid', für Herr, Gebieter. Dies rührt von der Allianz des Ritters mit muslimischen Herrschern, um gegen christliche Heere zu kämpfen. El Cid ging als tapferster Ritter und Symbolfigur während der Reconquista in die spanische Geschichte ein. Der Frontenwechsel schien seinem Ansehen nicht zu schaden."

Das klang zwar interessant, aber ich war nervös, wollte mich sammeln. Ich zwängte mich durch die wissbegierige Gruppe, um einen ruhigen Platz in der Kathedrale zu finden. Es waren mir hier zu viele Menschen: In Stille und mit einem Gebet wollte ich meine außergewöhnliche Reise beginnen. Als Zufluchtsort für einen Suchenden, oder vielleicht nur für mich, wirkte sie zu unpersönlich. Glaubte ich wirklich nur eine Handvoll Menschen anzutreffen? Es war eine schwärmerische Illusion, die ich gleich am ersten Tag verlor. Ich konnte mich nicht richtig auf die ganzen Kunstschätze konzentrieren, verließ nach einem flüchtigen Gebet das Gotteshaus und versuchte, einen klaren Gedanken zu fassen.

Die Absicht, einen Tag länger in Burgos zu bleiben, gab ich früh auf. Ich fühlte mich erdrückt von der Atmosphäre, konnte mich nicht richtig auf die Stadt einlassen. Ich spürte, dass ich beginnen musste, nicht nur um dem Lärm einer belebten Stadt zu entgehen. Ich wollte die Zivilisation schnell hinter mich bringen.

Vielleicht zieht es mich wieder einmal hierher, dann bleibe ich länger, denn in meiner jetzigen Stimmung kann ich den offensichtlichen Charme der Stadt, das einem Freilichtmuseum gleicht, nicht gerecht werden.

Ich wollte im Zentrum bleiben, mich orientieren und wählte ein Hotel in der Altstadt. Ich fühlte mich noch unsicher, stellte mir viele Fragen: „War die Entscheidung, alleine zu gehen, richtig? Was ist, wenn ich vom Weg abkomme? Wie schaffe ich eine Tagestour von zwanzig bis fünfundzwanzig Kilometern? Herr, hilf mir doch meine Zweifel wegzuwischen wie einen unliebsamen Gedanken.

Danke!

Ich hab's geschafft, lieber Bruder, zumindest heute Abend, um ruhig einschlafen zu können.

Liebe Grüße

     Deine *Eva-Maria*

Hornillos del Camino, den 1. Mai 2005

Lieber Stefan,

kühl war es heute Morgen, aber die Sonne schien, warf meinen Schatten auf den Weg, als ich stadtauswärts auf der Suche nach dem signifikanten Symbol, der Jakobsmuschel, war. Ich fand nach längerer Erkundung und mit Blick auf meine Tageskarte die erste, eingemauert im Pfeiler einer Eisenbahnbrücke. Also war ich auf der richtigen Spur, zumindest geografisch. Wie schwer mein Rucksack sein würde, spürte ich schon sehr bald. Ich versuchte, einen Rhythmus im Gehen zu finden, darin eine Systematik zu verstehen. Es gab Pilger, die bei ihren Vorbereitungen für den Weg, tagelange Rucksacktouren durch heimische Berge und Täler vornahmen. Das war mir nicht in den Sinn gekommen.

Ich ging und ging, ignorierte die Last auf meinem Rücken, bis sie mir nach einigen Kilometern den ersten Halt aufzwang. Ich halfterte meinen Rucksack ab, breitete meine Arme aus und befreite mich tief atmend von der körperlichen und seelischen Enge des gestrigen Stadttreibens. Ein verlassenes grünes buckeliges Land lag vor mir, durch das der Jakobsweg kroch. Ich trotzte dieser Einsamkeit etwas Gutes ab, ließ mich ein auf die Landschaft ohne bemalte Steinbehausungen, die nur den Horizont begrenzten. Vielmehr ausgewaschene Natursteine, die aussahen, als hätte sie jemand verloren, formten diese Umgebung. Der Wind pfiff an meinen Ohren, fegte wild über meine Haut, zerrte an meinen doch nicht so wind- und wasserfesten Kleidern. Mir wurde rasch kalt. Es störte mich nicht. Noch einen Moment dieses Gefühl von absoluter Freiheit erleben, beten und gestärkt wieder weitergehen; mehr wollte ich nicht. Beim ersten Blick zurück sah ich weit hinter mir Pilger, die in der Entfernung wie Miniaturfiguren wirkten.

Als ich in das Dorf Tardajos kam, wich die Freude, bis jetzt niemanden begegnet zu sein, einem unbehaglichen Gefühl. Es wirkte wie ausgestorben. Die verwahrlosten Häuser waren scheinbar verwaist. Vielleicht waren auch nur die Bewohner beim sonntäglichen Ritual des Kirchgangs. Am Ende der asphaltierten Straße sah ich einige Dutzend Meter vor mir linker Hand einen Hof und rechts davon eine dazu gehörende Scheune.

Mitten auf dem Feldweg postierten sich zwei Hunde, die mich schon fixierten. Das konnte doch nicht wahr sein! Ich blieb wie angewurzelt stehen. Was sollte ich tun? Es war kein Mensch weit und breit zu sehen. Wann hier wieder jemand vorbei käme, konnte ich schwer abschätzen. Ich hörte vom Hof angriffslustiges Gebell. Es hörte sich an wie ein ganzes Rudel. Die friedlich wirkende Schafherde vor mir beruhigte mich auch nicht unbedingt. Es hatte keinen Zweck, ich musste in diese Richtung. Es gab keine andere Möglichkeit für mich. Ich verstand es als erste Prüfung, jetzt mutig weiter zu gehen. Langsam, fast schleichend näherte ich mich dem Hof. Da sah ich einen älteren Mann auf die Hunde zugehen. Er hielt sie am Halsband fest, winkte mir zu und gab mir so zu verstehen, dass ich passieren könne. Ich tat es. Dann war es wie so oft im Leben, ganz anders als es schien. Am Gehöft angelangt, sah ich mehr als eine Handvoll Hunde in einem Zwinger eingesperrt. Der Bauer hielt noch immer die beiden Vierbeiner außerhalb des Zwingers. Ich grüßte schüchtern und erklärte ihm in Spanisch, dass ich Angst vor ihnen hätte. Er lachte herzhaft und meinte, die beiden würden nichts tun. Er hätte sie fest im Griff. Glaube mir, es schlotterten mir die Knie nicht vor Kälte! Ich war erleichtert und verabschiedete mich von ihm. Das hatte ich geschafft. Von nun an lasse ich gedanklich alle wilden Hunde zurück, mit der Gewißheit, keinem mehr zu begegnen.

Nach zwanzig Kilometern kam ich am frühen Nachmittag in Hornillos del Camino an, erwartend, einen Platz in der einzigen Herberge im Dorf zu bekommen. Die Häuser wirkten gedrungen und verfallen. Ich fragte mich, warum hier die Einheimischen nicht auf ihren Besitz achteten. Vielleicht fehlte es ihnen dafür an Geld. Hier musste ich mein Lager aufschlagen, denn zum Weitergehen fühlte ich mich nicht mehr imstande. Nicht ohne Schwierigkeiten bekam ich letztendlich eine Schlafgelegenheit, wenn auch nicht in der Herberge, dafür im Bürgermeisterzimmer, das bis auf den schweren dunklen Holztisch kurzerhand ausgeräumt wurde. Wie gut, dass es Sonntag war und der Bürgermeister nicht seines Amtes für die kleine überschaubare Gemeinde waltete. Ich ließ meine Sachen auf der bezogenen Matratze, die der Herbergsvater auf den neu gefliesten Boden gelegt hatte und ging hinunter ins Dorf, um im einzigen Gasthaus zu Abend zu essen. Das erschwingliche Pilgermenü war gut und reichlich. Es war noch früher Abend. Einige Wallfahrer saßen auf Bänken, die auf dem idyllischen Markplatz aufgestellt waren. Ich kam leicht ins Gespräch mit den Suchenden. Wir sprachen von dem, was wir auf dem Weg schon erlebt hatten. Rebecca fiel mir auf. Sie begann, wie ich, alleine in Burgos. Nicht nur wegen ihrer orange leuchtenden Hose tat sie sich hervor; ihre strahlenden rehbraunen Augen zeigten, wie sehr sie sich freute, hier zu sein. Sie sah mich schon, als ich die Herberge suchte und wunderte sich, wie ich zierliche Person diesen großen Rucksack schleppen konnte. Die Proportionen stimmten wahrlich nicht. Ich wirkte wie eine Schildkröte, deren kleiner Kopf aus dem wuchtigen Panzer hervorlugte.

Ich blieb nicht lange und verabschiedete mich von Rebecca, die einen Platz in der Herberge ergattert hatte, wünschte ihr „Buen Camino". Es wäre schön, ihr im Laufe meines Weges wieder zu begegnen.

In der provisorischen Herberge im Rathaus richteten sich die meisten zum Schlafen. Am späteren Abend gesellte sich eine weitere Pilgerin zu uns. Wir hatten gerade noch eine Matratze frei. Asta heißt sie. Groß, blond und sportlich, ja fast hager kann ich sie dir beschreiben. Es wunderte mich nicht, als ich erfuhr, sie würde seit Jahren Marathon laufen. Asta hat in Linz ihren Lebensmittelpunkt. Sie lebt dort mit ihrer dreizehnjährigen Tochter und ihrem Lebensgefährten. Mehr weiß ich noch nicht. Wir verstanden uns auf Anhieb. Asta schlug spontan vor, gemeinsam weiter zu gehen. Das fügt sich doch gut, meinst du nicht auch?

Zum Schluss waren wir sechs Frauen im Bürgermeisterzimmer und ich freute mich, dass kein Mann dabei war, da ich befürchtete, ein Schnarcher würde unsere Nachtruhe stören. Dieses monotone Geräusch einer Säge war mir auch nicht mehr so vertraut. Ich hatte Pech, denn neben mir wurden in der Nacht einige Hektar Wald abgesägt und mir die naive Vorstellung geraubt, schnarchende Frauen klängen besser.

So wird mir diese Nacht geräuschvoll in Erinnerung bleiben. Was glaubst du, werde ich in der nächsten Apotheke kaufen? Gut geraten: Oropax!

Ich hoffe, du hattest eine ruhige Nacht.

Lieben Gruß

Deine *Eva-Maria*

Itero de la Vega, den 2. Mai 2005

Lieber Stefan,

zählte ich den Aufenthalt in Burgos nicht mit, dann war ich heute den zweiten Tag unterwegs zum Apostel. Ich war mit Asta schon früh auf den Beinen. Die Sonne formte zwei Schatten auf den Pfad. Es war ein wohltuender Anblick. Zehn Kilometer waren es bis zum nächsten Ort Hontanas. Wir gingen entlang großer Getreidefelder, die sich im sanften Wind wogend in die wellige Landschaft einfügten. Asta konnte es nicht schnell genug gehen. So war sie oftmals weit vor mir. Ich genoss diese Stimmung gerne auch alleine. Einige Wolken, die vorbei zogen, zauberten dunkle Läufer auf die sonnenverwöhnten ockerfarbenen Ländereien, die wohl nur wenige Großgrundbesitzer ihr eigen nennen konnten. Selbstvergessen betrachtete ich die jungen Halmfrüchte, die sich ganz dem Tanz des Windes hingaben. Wenn Gott Ruhe brauchte, war er sicher heute in diesen Momenten bei mir und hörte mein stilles Gebet.

Kurz vor Hontanas wartete Asta auf mich. Der Ort lag geschützt in einem Talkessel. Wir freuten uns auf ein Frühstück. Wir gingen durch den Ort. Meinen gewohnten Kaffee muss ich mir beim Pilgern erst erarbeiten, zumindest war es bis jetzt so. Ein Dorfbewohner winkte uns zu sich in seine Kneipe. Wir wollten eigentlich bei Sonnenschein etwas essen und sahen andere Pilger einige Meter vor uns draußen sitzen.
Der kleine rundliche Mann mit treuen dunklen Augen und geübtem Dackelblick rührte uns. Wir beschlossen, ihm zu folgen, gingen mit in die Kneipe. Was wir da sahen, verschlug uns die Sprache. Eine dunkle speckige Theke, auf der die Speisekarte der letzten Tage zu sehen war, ein schwarzer verrauchter alter Kamin, der wohl in

diesem Jahr noch nicht geputzt worden war und ein langer Tisch, auf dem noch das Geschirr der letzten Zeche stand, wirkten nicht einladend. Wir stellten unsere Rucksäcke auf eine leere Bank. Der fremde Mann plapperte munter drauf los und ich hatte Mühe, ihn zu verstehen. Er fragte nach unseren Namen und stellte sich selbst vor. „Yo Vitorino". „Ich bin Vitorino." Er betreute schon lange Jahre vorbei ziehende Pilger und seine Kneipe sei bei vielen bekannt. Ich fragte mich ehrlich, wie bekannt. Vitorino bot uns einen Café con leche an. Wir überlegten, ob wir hier überhaupt etwas zu uns nehmen sollten, da war er schon dabei, zwei Gläser zu spülen. Ich blickte über die Theke direkt in das braune Spülwasser und sah, wie Vitorino die Gläser mit einem Lappen reinigte, den ich nicht einmal zum Schuhe putzen nehmen würde. Ich suchte verzweifelt einen sauberen Flecken, fand aber keinen. Nein, hier würde ich keinen Brotkrümel essen. Vitorino deutete auf unsere Rucksäcke und fragte, ob er die Mochilas in die nächste Herberge fahren sollte. Asta und ich sahen uns an und dachten in dem Moment das Gleiche. War das ein Wink von oben? Spontan sagten wir zu. Vitorino freute sich darüber. Es war verhältnismäßig günstig und die Aussicht auf eine leichtfüßige Strecke beflügelte uns. Auch musste ich mich dann nicht entscheiden, ob ich im Gehrhythmus bleiben oder doch lieber eine Fotopause machen sollte. Den Kaffee tranken wir nur halb mit einem unterdrückten Würgereflex. Das war ein echter Härtetest. Konnte es noch schlimmer kommen? Asta hatte dann doch Bedenken, ob es richtig wäre, unsere Rucksäcke einem Fremden anzuvertrauen. Ich zerstreute ihre Sorgen. Schließlich hätte er einen Ruf zu verlieren. Wie stolz er seine beiden Stempel in unsere Pilgerausweise drückte sei Beweis genug, ihm vertrauen zu können. No risk no fun!

Wir bedankten uns für den spendierten Kaffee, waren gerade dabei zu gehen, da führte uns Vitorino noch eine Attraktion vor, die auf einem seiner Stempel etwas undeutlich zu erkennen war. Vitorino hatte aus einer Not eine Tugend gemacht. Seine breite niedere Stirn, die entsprechend flache Nase dazu und tragischerweise ein viel zu weit vorstehender Unterkiefer befähigten ihn zu einem Kunststück der besonderen Art. Er füllte eine Bocale, eine Weinkaraffe aus Glas, mit Rotwein und setzte einige Zentimeter kopfüber vor seiner Stirn den langen dünnen Gießer schräg an. Er schob seinen Unterkiefer weit vor und formte ihn wie eine Schale, in der sich die rote Flüssigkeit sammelte, um anschließend geschluckt zu werden. Danach hielt er die Karaffe wieder gerade, schloss seinen Mund und verbeugte sich vor uns. Es wirkte oft geübt und erinnerte mich an ein Zirkuskunststück. Wir sahen ihn zuerst verdutzt an, lobten ihn nach ein paar Sekunden Denkblockade, denn wir waren auf diese Art Vorführung nicht gefasst. Noch Stunden später schüttelten wir uns. Später lachten wir über diese ungewöhnliche Begegnung.

Wir hatten bis jetzt Glück mit dem Wetter. Es war sonnig windstill und nicht zu warm. Die Staubpiste, auf der wir ohne Frühstück weitergingen, verlief parallel zur Landstraße, der wir erst kurz vor Castrojeriz wieder folgten. Wir orientierten uns an Astas ausführlicherem Reiseführer, der jede Biegung und die Beschaffenheit der Wege beschrieb. Auch Unterkünfte, Bars und Lebensmittelgeschäfte sowie deren Entfernungen voneinander waren genau aufgeführt. So konnten wir unsere Route entsprechend ausrichten.

Beeindruckend fanden wir die Ruine des Klosters San Antón, die mit ein paar verlassenen Häusern auf dem Weg lag. Wir schritten durch den noch gut erhaltenen gotischen Torbogen. Rechter Hand waren in den Mauerresten zwei Nischen zu erkennen. Früher stellten

Mönche darin für uns Wanderer Brot und Wein bereit. Heute suchten wir vergeblich nach der willkommenen Wegzehrung, vor allem, weil unsere Mägen noch immer leer waren. Es fällt mir gerade der heilige Antonius ein. Ich kann ihn mir hier gut vorstellen: barfuss, Lilien in der einen Hand und das Jesuskind auf dem anderen Arm. Der Schutzpatron von Padua und Portugal wird auch als Schutzheiliger der Liebenden und Helfer der verlorenen Dinge verehrt. Antonius half mir schon so oft, in meinem Chaos etwas zu finden. Hattest du nicht auch schon so manchen Cent in den Opferstock des Heiligen Antonius geworfen, um dich zu bedanken? Gib es zu!

Der Tag verlief weiter ereignisreich:

Die Strecke nach Castrojeriz mussten wir am Rand einer stärker befahrenen Straße gehen. Es gefiel mir gar nicht. Die Autofahrer fuhren knapp an uns vorbei, was nicht ungefährlich für uns war. Von weitem sahen wir die Ruine von Castrojeriz, die auf einem Berg thront. Die Reste der mittelalterlichen Burg bestimmten den Ort mit seinen wenigen Häusern. Überrascht war ich über die Anzahl der Kirchen. Ich zählte insgesamt vier, was für ein Dorf mit elfhundert Seelen stattlich ist.

Als wir die Burg hinter uns ließen, lag vor uns eine staubige Piste, die sich einen lang gezogenen Hang hinaufschlängelte. Wir überquerten eine alte Brücke, die noch aus der Epoche der Römer stammen musste, liefen dem Wurmweg entgegen. Es sah menschenleer aus. Nicht ganz. Am Fuße des Hangs wanderten wir an einer eingezäunten Einöde vorbei, die links des Pfades lag und trauten unseren Augen nicht. Im Garten stand barfuss ein hagerer älterer Mann. Seine sonnengegerbte Haut glich brüchigem braunem Leder, passend zu seinem Lederslip, der nur mit einem schmalen Lederriemen am Po befestigt war. Offen gestanden, dieser Vorläufer des modernen

Stringtanga überraschte uns. Schelmisch grinste er in unsere verdutzten Gesichter. Die Einladung in sein Haus zu einer Tasse Kaffee lehnten wir ab.

Nach diesem ungewöhnlichen Beschleuniger erreichten wir die angekündigte Hochebene schneller als erwartet. Ich hatte das Gefühl, der steile Aufstieg in der Mittagshitze wollte nicht enden und konzentrierte mich auf meine Schritte, um dem Pfad die Endlosigkeit zu nehmen. Wir erreichten die Meseta, die im Reiseführer als Hochebene mit steilen Flanken im kargen Teil Kastiliens beschrieben wird. Das Plateau war eben wie ein Tisch, kahl und unwirtlich. Nach der letzten Begegnung würde es mich nicht wundern, wenn uns noch mehr seltsame Dinge passierten. Ob hier wohl der Teufel sein Tischtuch ebenso ausbreitete wie auf dem Tafelberg in Kapstadt?

Hier fragte ich mich, wann ich zuletzt eine solche Ruhe in der Natur gefunden habe. Diese Landschaft wirkte auf mich wie eine afrikanische Steppe im Winter, soweit das Auge reichte und womöglich darüber hinaus. Der staubige Jakobsweg glich einem Fluss, der das eine Ufer vom anderen trennte. Asta passte sich kurz meinem Rhythmus an. Ihr war die Gegend nicht geheuer. Lange begegneten wir keiner Menschenseele, keiner Ameisenarmee, hörten kein Vogelgezwitscher, nur das Zischen des eisigen Windes, der uns frostig um die Nase wehte. Wir drückten alles an uns, was fortwehen konnte. Aber, lieber Bruder, ich merkte bald, wie ungeduldig Asta neben mir her ging. Warum musste es ausgerechnet eine Marathonläuferin sein, der ich am Anfang begegnete? Ich mag sie und unsere Gespräche sind tiefsinnig. Doch vor uns liegen Hunderte von Kilometern bis zu unserem gemeinsamen Ziel. Da heißt es, Kraft zu sparen, auszuruhen, wenn der Körper danach verlangt und vor allem der eigenen Gangart zu folgen. Zudem machen mir meine Blasen an den Füßen Sorgen, die mich seit kurzem schmerzhaft begleiten. Wir werden sehen.

Heute wanderten wir erst mal weiter zum nächsten architektonischen Lichtblick: die Herberge San Nicolás. Sie wurde als eine der schönsten Refugien und wohl auch geschichtsträchtigsten beschrieben. Eine italienische Jakobusbruderschaft ließ sie für Pilger umbauen.
Seit Jahrhunderten versuchen die Bruderschaften Suchenden auf dem Weg für eine Nacht Obdach zu gewähren und ihnen mit Rat und Tat zur Seite zu stehen. Die frühere Kirche aus dem 12. Jahrhundert wirkt gut erhalten und restauriert. Dem rechteckigen Karstbau lagert ein quadratischer gepflegter kleiner Garten vor. Die Haustüre stand offen, aber niemand war zu sehen. Neugierig traten wir ein. Es schien so, als würde sie vorbereitet sein auf den Ansturm der Pilger. Die Saison hatte erst begonnen.
Ein großer langer Tisch, aufgetürmte Stühle und – wie uns schien – Schlafplätze auf einer Galerie hätten uns gelockt zu bleiben, wenn unsere Rucksäcke nicht schon mit Vitorinos Unterstützung im zwei Kilometer entfernten Dorf Itero de la Vega gewesen wären. Wir machten uns dorthin auf. Beim Überqueren einer mittelalterlichen steinernen Brücke gleich nach dem Refugium verließen wir die Region Burgos und betraten Palencia, dem Beginn der Tierra de Campos.
Als wir kurz darauf in Itero de la Vega ankamen, konnten wir unsere Rucksäcke beim Besitzer der Pension Fitero abholen, wie es uns Vitorino versprochen hatte. Wir schulterten sie und suchten die Herberge. Sie war in der Mitte des Dorfes. Wieder einmal waren keine Bewohner in Sicht, nicht einmal eine Katze kam uns entgegen. In der kleinen Herberge war es lange nicht so gemütlich wie in San Nicolás. Sie war nüchtern eingerichtet mit älteren Betten und kleinen Räumen zum Waschen. Etwas

wehmütig dachte ich an San Nicolás, wobei der Innenhof unseres gewählten Domizils windstill und anheimelnd war. Als auf einmal Rebecca den Hof betrat, wussten wir, weshalb wir hier bleiben sollten.

Wir freuten uns riesig über das Wiedersehen mit ihr. An diesem Abend erfuhr ich mehr über Rebecca. Sie lebt mit ihrem Verlobten in Augsburg und hatte erst vor ein paar

Tagen beschlossen, den Jakobsweg zu gehen. Erstaunt fragte ich sie, wie sie darauf kam. Dessen Spuren lernte sie in Augsburg kennen, da hier eine Jakobswegroute beginnt. Rebecca brach ihr Studium für Wirtschaftsrecht ab und hofft, auf dem Camino Klarheit über ihr Ziel und ihre Lebensaufgabe in der Zukunft zu bekommen. Asta hat ähnliche Beweggründe. Sie möchte einiges ändern, weiß jedoch nicht genau, wie ihr künftiges Leben aussehen soll. Als allein erziehende Mutter liegt die ganze Verantwortung auf ihren Schultern, denn ihr Partner ist nicht der Vater ihres Kindes und lebt nicht bei ihnen. Nun verstehe ich auch die akribische Buchführung über jeden ausgegebenen Cent, ihre vorbildliche Ordnung im Rucksack, den sie stets perfekt schichtet, ihre Disziplin.
Wie chaotisch muss ich ihr vorkommen, wenn ich morgens erstmal meine Sachen zusammen suche und so langsam in die Gänge komme.

Ich weiß, mein lieber Bruder, du hast mir gezeigt, wie der Rucksack zu befüllen ist, schwere Dinge nach unten, leichte nach oben, aber so früh am Morgen und noch mit der Müdigkeit des letzten Tages in den Knochen packt es sich nicht so leicht. Ja, und diese unterschiedliche Gangart kann wohl zwischen Asta und mir noch problematisch werden, obwohl wir vereinbart haben, gemeinsam in Santiago de Compostela anzukommen. Da müssen wir eben so manche Hürde überwinden.

Ich könnte dir noch so viel schreiben, aber ich bin auch erschöpft und brauche den Schlaf, um mein morgiges Tagespensum zu bewältigen.

Liebe Grüße

Deine *Eva-Maria*

Auf dem Weg nach Villalcázar, den 3. Mai 2005

Lieber Stefan,

wenn ich mir überlege, dass schon das Leben von Jesus seit über zweitausend Jahren beschrieben, übersetzt und immer wieder neu gedeutet wird, wie viele Menschen haben an der Überlieferung des Lebens von Jakobus dem Älteren mitgewirkt und fabuliert? Immerhin, an seinem grausamen Märtyrertod zweifelt niemand. Er wurde 44 nach Christus auf Geheiß des Königs Herodes in Jerusalem enthauptet und ab da beginnt die Mär.

Hartnäckig hält sich die auch für mich schönste Erzählung mit dem Engelsschiff aus Jerusalem, das mit den Gebeinen des Jakobus an der Küste Galiciens gestrandet sein soll, wo er zu Lebzeiten seinen vielen Anhängern das Wort Jesu verkündete. Seine sterblichen Überreste wurden kurzerhand aus Jerusalem geschmuggelt und in Galicien in der Wildnis unter Steinen begraben. Ich zweifle nicht daran, sonst wäre ich jetzt nicht hier. Aber wie kam der Jakobsweg zustande, fragte ich mich? Immerhin waren seit seinem Tod bereits fast tausend Jahre vergangen.

Es begab sich, dass der Einsiedler Pelayo an verwitterten und verwucherten Steinen vorbei ging. Plötzlich erschien ihm eine Lichtgestalt, die ihm zuflüsterte, dass er soeben das Grab des Apostels Jakobus entdeckt hatte. Es war wahrlich zur richtigen Zeit, denn die Mauren begannen, die iberische Halbinsel von Süden aus Stück für Stück zu belagern und zu plündern. Mit Jakobus im Rücken holten die Spanier zum Gegenschlag während der Reconquista aus und sie sahen im Geiste vor sich, wie der einstige Prediger nun Schwert schwingend galoppierend einen Maurenkopf nach dem anderen rollen ließ. War dies Ironie des Schicksals?

Lange fanden erbitterte Kämpfe zwischen Christen und Moslems statt. Wie sich die Geschichte doch wiederholt. Abendland gegen Morgenland. Kannst Du mir die Frage beantworten, warum immer wieder im Laufe der Geschichte diese doch ähnlichen Weltreligionen in Kriegen aufeinander prallen mussten? Ich weiß es nicht. Dabei kann Glaube nur im Miteinander und nicht im Gegeneinander friedlich gelebt werden.

Der Patron der Reconquista wird seitdem Santiago Matamoros, „Jakobus der Maurentöter" genannt. Die Sage des Matamoros verbreitete sich wie ein Lauffeuer. Viele Menschen fanden aus Dankbarkeit den Weg zum Grab des Apostels. Ich denke an die vielen Tränen und das vergossene Blut. Man kann es nur erahnen, denn die Spuren sind längst verwischt.

Seit der Zeit erhoffen sich die Suchenden, den Sinn des Camino zu erfahren und daraus Kraft zu schöpfen. Denn mutige und gläubige Pilger machten den Weg zu dem, was er heute ist.

Und wir, im 21. Jahrhundert lebend, haben wieder die Mystik des Pilgerns entdeckt. Wie schon im 11. und 12. Jahrhundert – in den nachfolgenden Jahrhunderten wesentlich weniger – machen sich jährlich einige Hunderttausende nach Santiago de Compostela auf. Ich bin davon überzeugt, dass sich diese Entwicklung im Laufe der nächsten Jahre verstärken wird, denn Menschen auf der Sinnsuche gibt es mehr denn je.

Ob der Weg so viele rastlose Gemüter tragen kann, wird sich zeigen, denn der die gegenwärtige Umwelt verschmutzende Ballast wird ihm zu schaffen machen.

Der Jakobsweg ist neu entdeckt und wird vermarktet. Er mutiert im Moment zu einem interessanten Reiseziel per pedes, per cavallo und per velo. Es ist schick geworden, ihn zu gehen. Doch, im 11. und 12. Jahrhundert gab es noch keine die Umwelt belastenden Plastiktüten und Joghurtbecher.

Verstehe mich bitte richtig: Wer das unstillbare Bedürfnis hat, den Jakobsweg gehen zu wollen oder sogar zu müssen, so wie ich, der sollte dies unbedingt tun. Es sollte jedoch im Bewusstsein geschehen, dass es der Lebensraum vieler Spanier ist und wir Pilger sind, Fremde, wie ich in einer Übersetzung las.
Jeder Fremde trägt Verantwortung gegenüber dem Gastgeber. Er sollte mit Respekt und Achtung auf diesem Pfad wandern. Die Einheimischen der verschiedenen Regionen, die wir als Pilger durchschreiten, werden es uns danken.

Was für geschichtsträchtige Überlegungen. Ich denke, ich lasse es für heute gut sein. Morgen werde ich dir wieder von der Gegenwart und meinen Erlebnissen schreiben.

Oft in Gedanken bei dir, sende ich

liebe Grüße aus Spanien

Deine *Eva-Maria*

Villalcázar de Sirga, den 4. Mai 2005

Lieber Stefan,

es ist der vierte Abend meiner Reise. Ein besonders mühsamer aber ereignisreicher Tag liegt hinter mir. Asta und ich gingen von Itero de la Vega bis Villalcázar de Sirga achtundzwanzigeinhalb Kilometer. Ich bin froh, dass ich es schaffte, denn seit einigen Tagen habe ich mehr Blasen als mir lieb ist. Die erste bildete sich bereits am zweiten Tag meiner Wanderschaft. Sie blieb nicht lange allein. Es gesellten sich schnell weitere zu ihr und, lieber Bruder, sie machen mir Sorgen. So war es ein Gutes, dass wir heute in Frómista unser Gepäck um einige Kilo erleichterten. Wir schickten es postlagernd für ein paar Euro nach Santiago de Compostela.

Die Strecke nach Frómista war zunächst gesäumt von Pappeln. Dann ging es entlang des Kanals von Kastilien, der wie in die Natur eingefräst wirkte, obwohl er immer wieder als naturnaher Kanal beschrieben wird. Alles subjektiv. Die Gleichförmigkeit der Landschaft blieb: Abgegraste Weiden, umgepflügte rotbraune Felder, aus denen bereits die Sommersaat grün schimmernd empor spross. Stellenweise wieder unbewohnt scheinende Dörfer, die aus alten Lehmhäusern bestehen, sind die Sehenswürdigkeit dieser Region.

Asta und ich sprachen über den Sinn einsamer Stunden. Sie führen den Menschen wieder zu sich selbst. Oft war Asta weit vor mir. Da hing ich meinen eigenen Gedanken nach. In diesen Momenten bist du mir besonders nah. Manchmal frage ich mich, ob du diese Nähe spürst. Wie gerne hätte ich dich neben mir. Frómista hätte dir auch gefallen.

Das Dorf liegt inmitten der Campos, also in der Mitte von nichts, wie meine Freundin Caroline zu sagen pflegt. Hier ist der damalige Reichtum der Kirche nicht zu übersehen.

Die Kirche San Martin ist eine der wenigen Steinbauten in dieser Gegend. Während die Bewohner aus dem hiesigen Lehm ihre Häuser formten, ließen die Kirchenoberen und Landesfürsten ihre Prachtbauten aus Stein errichten, ein zur damaligen Zeit kostbares Baumaterial. Offensichtlich sollte es Macht und Überlegenheit demonstrieren. Die Kirche wirkt wie aus einem Guss, als hätten die damaligen Architekten dieses romanische burgähnliche Werk in einer Epoche erschaffen. Besonders beeindruckten mich die runden Treppentürme auf der Westseite der Kathedrale. Die schmalen Rundbogenfenster ließen nur spärlich Licht in das Kircheninnere fallen, was eine mystische Atmosphäre schaffte und mich den Sakralbau noch andächtiger bestaunen ließ.

Aber was mir besonders gefiel war, dass wir Adrien und Antoine in Frómista wieder trafen. Ich wollte dir von den Beiden schon früher berichten. Wir begegneten uns auf dem Weg.

Adrien und Antoine sind zwei junge Pilger aus Frankreich. Sie begannen den Jakobsweg von zu Hause – sozusagen ab ihrer Haustüre – in Nantes an der Westküste von Frankreich und waren schon viele hundert Kilometer unterwegs. Die Beiden kennen sich seit ihrer Kindheit und wollen dieses Erlebnis vor Beginn ihres Studiums erfahren. Es ist für sie eine besondere Herausforderung.
Ich versuche, sie dir zu beschreiben. Du weißt, dies ist nicht gerade meine Stärke:
Adrien trägt mittelblonde halblange Rastalocken und hat zupackende Hände. Sie sind schon in seinen jungen Jahren von harter Arbeit gezeichnet. Seine schlanke Gestalt wirkt zäh und ausdauernd. Er kann wohl einige Tage nur mit Wasser und Brot auskommen. Mit seinen hübschen meerblauen Augen kokettiert er, wann immer sich die Gelegenheit bietet. Seine Augen spiegeln das offene Meer wieder. Während er spitzbübisch lächelt, zieht er die

linke Augenbraue hoch, um noch mehr Aufmerksamkeit zu bekommen. Er hat etwas Charismatisches an sich in seiner Gelassenheit, die er ausstrahlt. Ursprünglich und unberechenbar wirkt er, wenn ihm etwas missfällt. Dann wird er überraschend heftig und reagiert spontan. Seine Stimme wird lauter und drohender.

Und Antoine? Sein blondes Haar ist kurz geschnitten. Er wirkt sanftmütig, zurückhaltend und schweigsam. Seine Hände sind zart und feingliedrig, wie Pianistenhände. Ich kann mir vorstellen, dass er manchmal unter Adriens impulsiven Aktionen leidet. Trotzdem finde ich, dass die Beiden gut zusammenpassen, gerade weil sie sind wie Yin und Yang, wie Positiv und Negativ, wie Feuer und Eis. Die hellen verblichenen Hosen und verknitterten Hemden machten auf mich den Eindruck, als wären sie schon einige Tage getragen. Auf ihren großen Rucksäcken ruhten zerrupfte Isomatten. Beim Anblick der Riemensandalen, die sie trugen, kamen mir Zweifel, ob sie das Ziel Santiago de Compostela überstehen würden. Vor allem fragte ich mich, wie man in losen Schuhen einen Sechzig-Liter-Rucksack balancieren konnte.

Adrien erzählte von seinen Erlebnissen in Indien. Da kam er mit noch weniger Gepäck aus, schlief manchmal am Straßenrand und drehte Zigaretten mit Gräsern, die er am Weg fand.

Ich erinnere mich an einen Abend, wir lagen schon in unseren Herbergsbetten, da vernahm ich ihre Stimmen. Sie beschienen ihre Betten mit einer Taschenlampe. Ich sah im Lampenstrahl, dass Adrien ein Bündel Halme entflammte. Er schwenkte sie feierlich wie ein Ministrant den Weihrauchkessel während der Messe. Der Nebel sog den muffigen Geruch der Herberge in sich auf und verteilte seine eigene Duftnote. Was immer auch das glimmende Büschel für ein Unkraut war, es roch gut. Und nun trafen wir sie wieder in Frómista in einem kleinen

Laden, wo Asta und ich unseren Proviant auffüllten. Wir freuten uns sehr darüber, setzten unseren Weg aber nicht gemeinsam fort.

In Villalcázar de Sirga am späten Nachmittag angekommen, suchten wir zuerst die im Reiseführer beschriebene Pilgerunterkunft. Sie war geschlossen, wie uns der Herbergsvater, der zufällig vorbeikam, mitteilte. Er bot uns an, im gegenüberliegenden neuen Hotel ein Zimmer zu buchen. Es blieb uns nichts anderes übrig.

Überrascht waren wir, als wir denselben Mann an der Rezeption wieder trafen. Was soll's, sagten wir uns, dann gönnen wir uns einfach einmal wieder den Luxus, zu baden. Es war wohltuend und entspannend. Anschließend suchten Asta und ich noch einen Tante-Emma-Laden. Wir wollten nicht essen gehen. Und siehe da, stand der uns schon bekannte Dorfbewohner diesmal hinter der Kaufhaustheke. Nun wunderten wir uns über gar nichts mehr; wahrscheinlich ist er auch noch hier Bürgermeister. Wir kauften Baguette, Käse, genehmigten uns sogar eine Flasche Rotwein.

Das Dorf hatten wir für uns alleine, denn wir sahen niemanden auf dem Marktplatz und den davon ausgehenden Straßen. Neben der Herberge waren schöne Parkbänke. Wir setzten uns auf eine Bank, breiteten unser Abendessen aus und ließen den Tag gedanklich Revue passieren. Die Abendsonne wärmte meine pochenden Füße.

Da kamen Adrien und Antoine wieder. Natürlich teilten wir unser Essen mit den Beiden. Antoine war schweigsam, während Adrien den Grund dafür nannte. Er erzählte, dass sie sich heftig gestritten hatten. Sie waren immerhin schon hunderte Kilometer unterwegs. Nun fingen sie an, sich über Kleinigkeiten zu zanken. Adrien ging es zu langsam, folglich Antoine zu schnell. Es muss sich hier so manche Freundschaft und Partnerschaft bewähren. Andere Aufgaben sind zu bewältigen. Ich habe den Eindruck, dass sich Adrien und Antoine bald trennen werden.

Wie würden wir beide wohl den Weg gemeinsam gehen? Das fragte ich mich, kam aber zu keinem Ergebnis. Wie denkst du darüber?

Ich schließe dich in mein Nachtgebet mit ein.
Liebe Grüße
   Deine *Eva-Maria*

In der Nacht von 4. auf 5. Mai 2005

Lieber Stefan,

ich kann nicht schlafen. Über hundert Kilometer bin ich mit Asta unterwegs. Seitdem marschierten wir, denn Asta ist verdammt schnell. Sie fordert körperlich viel von mir. Meine Hoffnung ging nicht auf. Asta passte sich nicht meinem Takt an. Schon in den ersten Stunden des Marschierens merkte ich, dass Asta für mich zu schnell und ich für sie zu langsam bin. Sie setzt scheinbar mühelos einen Fuß vor den anderen, während ich hinkend und keuchend hinterher hechele. Eine Marathonläuferin mit eiserner Disziplin und jahrelangem Härtetest. Das mir! Wenn sie einmal losgeht, ist sie schwer zu stoppen. Was nützt mir meine mentale Stärke, während die Blasen an meinen Füßen sich zu walnussgroßen Schmerzbeuteln entwickeln. In einem schlauen Buch las ich, dass sie ein Zeichen der Angst und Ungewissheit seien, die ich wahrlich habe, denn ich weiß nicht, wie lange ich dieses Tempo durchhalten kann. Asta ist wie eine Uhr, die man am Morgen aufzieht, die tickend rhythmisch läuft und läuft und läuft. War es Fügung, dass sie heute während der letzten Kilometer plötzlich starke Rückenschmerzen bekam und sich meiner Geschwindigkeit anpassen musste? Nein, glaube mir, ich präparierte keine Voodoo-Puppe mit Stecknadeln.

Ich habe das Gefühl, auf der Strecke zu bleiben. Es kann nur misslingen, als wenig Geübte zu denken, auf die Schnelle Marathonfüße zu bekommen. Ich trage – symbolisch betrachtet – Schuhe, die einige Nummern zu groß für mich sind. Nur will ich Astas Gesellschaft nicht missen und beiße die Zähne zusammen. Ist es nicht wie im richtigen Leben? Ja nur festhalten an dem, was man kennt, nicht loslassen. Wer weiß, ob es wiederkommt.

Meine Füße brannten und das schlechte Gewissen, Asta zu behindern, plagte mich. Ich spüre deutlich, dies ist nicht meine Geschwindigkeit, nicht meine Gangart, der ich momentan folge. Verrückt, nicht wahr? Wir müssen erst unter unserer aufgebürdeten Last fast zusammenbrechen, bis wir einsehen, dass wir uns zuviel zumuten. Ich nahm mir soviel vor, nun wurden mir klare Grenzen gesetzt, meinen eigenen Schritt zu akzeptieren. Wie steht es mit dir? Denkst du nicht auch manchmal, du hättest deine Grenzen ignoriert? Ist es eine Schwäche, an der wir arbeiten müssen? Ja, ich denke schon. Du kannst mich beim Wort nehmen: Ich werde künftig den Rucksack des Lebens nicht mehr so schwer beladen. Für dich ist es noch wichtiger, denn meine Blasen vergehen, aber du musst deine Kräfte einteilen, damit deine Krankheit keine Chance mehr bekommt, wieder dein Leben zu bestimmen. Ich helfe dir, deinen Rucksack zu sortieren und zu beladen.

Liebe Grüße und Umarmung

Deine *Eva-Maria*

Auf dem Weg, den 5. Mai 2005

Lieber Stefan,

heute Morgen machten wir uns zu dritt bei herrlichem Wetter von San Nicolás del Real Camino in Richtung El Burgo Ranero auf. Rebecca schloss sich uns wieder an. Stell dir vor, sie hat ihre Bestimmung auf dem Weg gefunden. Sie wird Hebamme. Egal wie ihre Familie darauf reagieren wird, niemand kann sie mehr davon abbringen. Wir hatten viel Spaß, wanderten singend durch die wenigen Weiler und erzählten uns Anekdoten aus unseren Leben. Seit Tagen waren wir mindestens acht Stunden im Freien. Was für ein Gefühl! Es brachte mich der Natur wieder näher. Nur, meine Kraft ließ schon bald nach. Ich spürte in meinen Knochen die letzten Tagesmärsche von achtundzwanzig bis siebenunddreißig Kilometern, ermüdete schnell und konnte nur mit großer Kraftanstrengung weiter gehen. Ich verbarg es vor den Beiden, wollte die gute Stimmung so lange wie möglich bewahren.

Der Abschnitt nach El Burgo Ranero war besonders angenehm, denn der Fußpfad neben der wenig befahrenen Straße wurde mit einer Kilometer langen Pappelallee geschmückt. Dort trafen wir einen Pilger, der uns immer wieder überholte, aber scheinbar auch oft Rast machen musste. Er humpelte ein wenig. Es kam mir vor, als hätte er die gefürchtete klassische Pilgerkrankheit Tendinitis, eine Entzündung am Schienbein, die sehr schmerzhaft ist. Rebecca begegnete ihm bereits mehrmals. Ich musterte ihn wie er es mit uns tat. Er dürfte Mitte Dreißig sein, wirkt südländisch mit seinen schwarzen Haaren und dunklen Augen. Er ging an uns vorbei wie ein stolzer unnahbarer Stierkämpfer, der es nicht nötig hatte zu grüßen. „Was für ein seltsamer Wanderer", sagte ich zu Rebecca und Asta.

Rebecca fiel auf, dass er nur alleine wanderte und selten mit anderen Wallfahrern sprach. Wir beschlossen, ihm aus dem Weg zu gehen – ein schwieriges Unterfangen bei dem offensichtlich selben Ziel.

Vor El Burgo Ranero machten wir noch bei einer einsamen schlichten Kirche Rast, die mit ihren warmen erdigen roten Quadersteinen und einem offenen Glockenturm in der Mittagssonne wie ein idealer Zufluchtsort wirkte.
Erschöpft sank ich auf eine Bank in der Kirche und weinte. „Lieber Gott, lass mich jetzt nicht alleine mit meiner körperlichen Schwäche. Ich will und werde durchhalten, selbst wenn es im Moment nicht danach aussieht. Gib mir Kraft zum Weitergehen."

Eva-Maria

Lieber Stefan,

so gerne ich stark für dich sein will, manchmal klappt es einfach nicht. Heute war so ein Tag. Mit rot geweinten Augen verließ ich die Kirche, setzte mich in die trockene Wiese, löste den Verband von meinen Füßen und prüfte meine Blasen, die weiter sprossen. Plötzlich tauchte der schweigsame Reisende mit dem skeptischen Blick vor mir auf. Ich hatte ihn nicht bemerkt. War er schon in der Kirche und hatte gesehen, dass ich weinte? Ich weiß es nicht. Ich weiß nur, dass er mich unverhohlen kopfschüttelnd beobachtete. Was sollte ich mehr vor ihm verstecken: meine verquollenen Augen oder meine Füße? Ich fühlte mich unsicher, bloßgestellt. Was wusste er schon von mir? Hätte ich ihm wohl erklären sollen, dass sich die Sohlen von meinen alten Wanderschuhen gleich zu Beginn lösten? Was hätte es gebracht, ihm zu sagen, dass ich viel zu viel Gepäck mit mir schleppte und dieses ungewohnte Gewicht auf meine Füße drückte? Und die Marathonstrecken, die ich bereits zurückgelegt hatte, taten ihr Übriges. Nein, diese Blöße wollte ich mir in dem Moment nicht geben. Ich wandte meinen Blick von ihm ab und wartete, bis er wortlos weiter ging.

Nach der Pause machte ich mich mit Rebecca und Asta wieder auf den Weg. In El Burgo Ranero, einem entzückenden Dorf aus weiß getünchten Lehmbauten und Backsteinhäusern, wollten wir unsere Essensvorräte für den Abend, vielleicht noch eine Kleinigkeit für den Morgen auffüllen. Jedes Gramm zählt. Der einzige Laden in diesem Ort hatte geschlossen. Es war früher Nachmittag, Siesta in Spanien.
Ich drückte beherzt auf die Klingel neben der Eingangstüre des Geschäftes. Etwas später öffnete uns der Besitzer.

Wir nahmen Baguette, Käse, Bananen für den Abend und Wasser für die Strecke mit. Nun betrat auch der verschlossene Pilger den kleinen Tante-Emma-Laden. Ich wurde noch bedient. Während er sich mit dem Besitzer unterhielt, nahm ich ihn noch mal in Augenschein. Seine, zur Hose passende graue Jacke war lässig um die Hüften gebunden. Das mohnrote T-Shirt könnte ihm Schwierigkeiten machen, wenn er einem frei laufenden Stier begegnete, was durchaus passieren könnte. Er stellte sich dem Ladenbesitzer vor. Manuel heißt er also. Dann sprach er über mich, beschrieb meine Füße. Er verstand nicht, warum ich weiter ging. Ich mischte mich in das Gespräch ein, erklärte, dass mir die Gesellschaft meiner Freundinnen sehr wichtig wäre, ich weiter gehen wollte. Sie verstummten abrupt, denn sie waren nicht darauf gefasst gewesen, dass ich ihr Gespräch verstand.

Ich ging trotz allem mit Asta und Rebecca bis zum nächsten Refugium weiter. Es waren an diesem Tag vierunddreißig lange anstrengende Kilometer, die ich so schnell nicht vergessen werde, ebenso wenig das Kopfschütteln des spanischen Pilgers.

Ich komme an mein Ziel, mach dir keine Sorgen, lieber Bruder.

Ich weiß es einfach.

Deine *Eva-Maria*

León, den 7. Mai 2005

Lieber Bruder,

heute morgen lief es sich schon wesentlich besser im Gegensatz zu gestern. Da ließ ich Rebecca und Asta nach León voraus gehen. Nun doch, wirst du vermutlich denken. Nachdem ich wie auf einem Schwamm schlurfte, zog ich es vor, in Puente de Villarente zu übernachten. Ich hätte keinen Meter mehr gehen können.

Von Puente de Villarente nach León waren es zwölf Kilometer. Meine bisher kürzeste Strecke konnte ich ruhig angehen, auch deshalb, weil David meinen Rucksack mit nach León genommen hatte. Wer ist David, fragst du dich? David ist Physiotherapeut und verteilte gestern auf dem Marktplatz in Reliegos seine Visitenkarten. Wir drei wollten uns heute wieder fit machen lassen und vereinbarten Termine in seiner Praxis.
Wieder alleine mit meinen Gedanken sind sie wie so oft bei dir. Eigentlich solltest du all das Schöne genießen, was ich bis jetzt erlebte. Du benötigst es viel mehr als ich. So zum Beispiel heute morgen: Ich konnte mich an dem taufrischen Gras nicht satt sehen. Auch habe ich noch nicht von den vielen Storchennestern mit ihrem Nachwuchs geschrieben, die auf Kirchtürmen thronen. Ganze Familien nisteten sich im Norden Spaniens ein. Ich mag die Kollegen von Hermes, die als Babykurier berühmt wurden.

Die erste Strecke war oberhalb der Fernstraße auf einer Staubpiste. Ich nahm mir Zeit, fotografierte viel. Kurz vor León musste ich wieder auf die stark befahrene Schnellstraße. Von da ab wurde es mühselig, aber nach einer Stunde sah ich Leòn vor mir.

Den Weg zur Kathedrale zu finden, war eine Herausforderung, wenngleich die gotischen schlanken Türme schon von weitem heraus ragten. Ich wollte einfach nur in die Altstadt gelangen und das erwies sich als schwierig. Ich irrte umher, fragte Passanten, wie ich dorthin käme, wobei jeder mir eine andere Richtung nannte. Die gelben Pfeile halfen mir, noch vor Sonnenuntergang im historischen Stadtkern anzukommen. Dann stand ich vor ihr, der „Santa María la Regia", die zu Recht als eine der schönsten gotischen Kathedralen Spaniens bezeichnet wird. Ich betrachtete sie mit unverhohlener Bewunderung, ist sie doch einzigartig ob ihrer reichen Kunstschätze. Sie wurde über Jahrhunderte von verschiedenen Architekten konstruiert und gebaut. Eine Sinnenfreude für jeden Kunstkenner und Besucher.

Stell dir eine Kathedrale mit in den Himmel reichenden schlanken Türmen vor. Gehst du hinein, fühlst du dich trotz der Größe des Gotteshauses wohl. Hohe Buntglasfenster zaubern ein warmes Licht und erfüllen es. In dieser angenehmen Atmosphäre wollte ich ein wenig verweilen, setzte mich, faltete meine Hände und in Gedanken sagte ich: „Lieber Gott, seit über 170 Kilometern bin ich nun unterwegs und ich fühle mich von dir behütet. Ich danke dir dafür und hoffe, du wirst mich bis zu meinem Ziel begleiten." Ein „Vater unser", ein „Ave-Maria" lang war ich tief versunken in der Kirche. Noch als ich wieder auf dem Kirchplatz stand, spürte ich eine Art von Unbekümmertheit in mir, die ich konservieren wollte.

Dann wurde ich wieder eingefangen von der Fülle der Prachtbauten. In der Nähe der Kathedrale liegt das Kloster San Marcos aus dem 16. Jahrhundert. Ja, und das Alte Rathaus mit seinen Balkonen, der Palacio de los Guzmanes, ein wuchtiger Palast aus der Renaissance, alles eine Augenweide. In León hatte sich auch der katalanische Architekt Antonio Gaudí mit dem im Gotikstil erbauten „Casa de Botines" verewigt. Es reihen sich in León historische und imposante Bauwerke aus den verschiedensten Epochen gleich Perlen an einer Kette aneinander.

Ich traf mich mit Rebecca und Asta in einem Cafè vor der Kathedrale. Wir gingen gemeinsam zu unserem Termin bei David. Was glaubst du, wen wir da im Wartezimmer trafen? Manuel! Es gibt doch keine Zufälle. Es war ein angenehmes Gespräch, das ich nicht vermutete. Er fragte mich, ob meine Füße noch immer so schlimm wären. Ich erwiderte stolz, es würde von Tag zu Tag besser, was nicht ganz stimmte. Ich fragte Manuel nach seinen Beschwerden. „Tendinitis!" Also hatte er die gefürchtete Pilgerkrankheit. Seine Sehnen am Schienbein waren von der ungewohnten Belastung entzündet. David empfahl ihm, auszusetzen. Das konnte Manuel nicht, denn er hatte keinen Tag Entspannung eingeplant. Diesmal verabschiedete sich Manuel mit einem Lächeln und wünschte uns: „Buen Camino!"
„Muchas gracias!"

Ich war als Erste von uns Dreien an der Reihe. David sah sich meine mittlerweile unansehnlichen mit Blasen übersäten Füße an. Kein Wort des Vorwurfs, kein Kopfschütteln oder ähnliches, wie es mir schon begegnet war. Er stach sie auf und zog das angesammelte Wasser in die Spritze. Danach injizierte er Desinfektionsmittel in die platte abgelöste Haut. Es war eine Tortur, doch so könnte ich beruhigter die restlichen dreihundertdreißig Kilometer bewältigen. Dann verband er meine Füße wieder. Mir ist klar, dass ich mich vor einer Infektion schützen muss, sonst wäre mein Ziel gefährdet. Und, lieber Bruder, mittlerweile kann ich Schmerzen ganz gut aushalten.

David behandelte anschließend Asta und Rebecca, die ihren eigenen Pilgerschmerz hatten. Asta hatte Probleme mit ihrem Rücken, Rebecca vom ersten Tag an starke Kniebeschwerden. Meist bestimmt die Krankheit dann auch das Tempo und hilft auch unserer Seele, sich anzupassen.

Am Abend verabredeten wir uns mit David in einer Pizzeria. Doch wir wurden lange nicht bedient und entschieden, ein anderes Lokal aufzusuchen. Er wollte unbedingt, dass wir die durch seine Behandlung gewonnene Energie nicht verloren, sie sollte nicht durch schlechten Service verpuffen. Wir fuhren mit seinem Auto nach Valdevimbre, das etwa zwanzig Kilometer von León entfernt lag. Das war ein unvermutetes Highlight, denn wir kamen in eines der schönsten und besten Höhlenrestaurants dieser Region, sehr geschmackvoll mit rustikalen Möbeln eingerichtet. Große und kleine Weinfässer waren als Zierde in Nischen aufgestellt. David kannte den Besitzer. Durch ihn bekamen wir – trotz des voll besetzten Restaurants – einen wundervollen Platz. Es gab reichlich Tapas, Pilgersalat, Gemüse, Kartoffeln und Fleisch vom Rost, wobei man dem Koch am Eingang beim Grillen zusehen und mit ihm plaudern konnte. Es war köstlich. Der Besitzer beschämte uns fast mit dem, was wir für einen Pilgerpreis bekamen. „Cueva San Simón, ich komme wieder, das ist gewiss!" Dann werde ich auch die bekannten Naturparks der Provinz León besuchen: Parque nacional de los Picos de Europa, Los Ancares, Las Médulas und Cueva de Valporquero; was für klangvolle Namen, meinst du nicht auch?

Es war ein schöner, jedoch kurzer Abend, denn das Bett in der vollen Herberge ruft mich. Ich bin todmüde.

Soviel für heute mit gut gefülltem Bauch. Grüße alle von mir und sage ihnen, es geht mir gut.

Bis bald

Deine Schwester

San Martin del Camino, den 8. Mai 2005

Lieber Stefan,

wie viele Kilometer es auch sind, jeder hier auf dem Weg trägt die Vergangenheit Schritt für Schritt mit. Und manchmal ist es nicht der Rucksack, der schmerzt, viel mehr ist es die Sorge um einen Menschen oder das, was die Zukunft bringen wird. Meinen Kummer kenne ich, nur der der anderen blieb mir bis jetzt meist verborgen. Er wird nicht zur Schau getragen, und doch kann man ihn in so manchen Gesichtern lesen.

Im Moment denke ich an Bryan, der mir ab und zu auf der Strecke schon begegnete. Es kam aber noch nicht zu einem Gespräch, bis heute. Ich saß mit Asta im Garten der Herberge in San Martin; da gesellte er sich zu uns und fing an zu erzählen: Er hatte eine weite Reise hinter sich. Bryan lebt mit seiner Frau im australischen Sydney; seine drei erwachsenen Kinder leben weit verstreut auf dem Kontinent. Es muss ihm der Weg sehr viel geben, denn er wandelt bereits zum dritten Mal auf diesem mystischen Pfad. Es hätten mich seine Beweggründe interessiert, ich fragte aber nicht. Wenn er wollte, würde er sie uns erzählen. Jeder hat seine eigene Geschichte, die er verarbeiten muss. Vielleicht mehr im Stillen, nicht wie ich, die offen damit umgeht und das Herz auf der Zunge hat. Warum auch immer: Bryan braucht den Jakobsweg. Er ginge ihn immer alleine und nicht zum letzten Mal, wie er meinte.

Von Santiago de Compostela aus wird er zurück nach Sydney fliegen. Warum tut er das, wirst du dich fragen. Könnte er es sich nicht in Paris, Rom oder Berlin gut gehen lassen, wenn er schon in Europa ist?

Weißt du, es geht uns hier verdammt gut, auch wenn ich von wunden Füßen schreibe, wobei ich die durchgelegenen Matratzen in den Schlafsälen noch gar nicht erwähnte. Einmal von unserer hoch technisierten und stressgeplagten Welt pausieren, aus dem Hamsterrad hüpfen, sich außergewöhnlichen Anforderungen stellen, materielle Dinge auf Wesentliches reduzieren, das macht das Glücksgefühl aus. Und dann natürlich die geruhsamen Stunden, die man gemeinsam mit anderen Suchenden verbringt, um über den Sinn des Lebens zu reden, eben wie heute. Wir aßen gerade unser einfaches Pilgermahl: Oliven, Käse und Baguette. Da kam Manuel in den Herbergsgarten. Ja, genau der Pilger, von dem ich dir bereits schrieb. Er trug wieder sein rotes T-Shirt mit der hellgrauen Allwetter-Hose. Es wurde ein interessanter Abend. Ich sprach mit Bryan Englisch, übersetzte Manuel in Spanisch und erzählte Asta, worüber wir gerade redeten. Da war ich in meinem Element. Doch Asta legte sich schon früh schlafen. Ich bin noch nicht müde, deshalb wird es ein längerer Brief an dich.

Ich überlegte mir heute, wie das Pilgern wohl im Mittelalter war. Gab es ähnliche Begebenheiten, so wie wir sie schon erlebten und noch erfahren werden? War es gefährlicher? Ich frage mich gerade jetzt beim Schreiben, wie ich wohl im Mittelalter gereist wäre. Gab es denn Frauen, die sich alleine aufmachten? In der Lektüre, die ich vor meiner Pilgerreise las, kam nie eine Frau zur Sprache. Ja gut, Äbtissinnen, die unter strengem Regiment ihre Abtei führten, wurden erwähnt, aber keine allein reisenden Frauen. Der größte Teil der Strecke hat sich seit dem Mittelalter nicht verändert, also ähneln sich die Bedingungen, zumindest in etwa. Die Entscheidung, nur einen Teil des Pilgerwegs zu gehen, hätte man mir gleich abgenommen, denn da wäre ich direkt von Zuhause losgegangen. Die tagelange Suche nach dem richtigen Schuhwerk, dem besten Schlafsack

und Rucksack wäre mir erspart geblieben. Ich hätte mir ein Indigo-Hemd aus Linnen und eine graue Hose von dir ausgeliehen, während du seelenruhig im Bett schliefst. Mein blaues Tuch aus grobem Linnen hätte ich locker um die Hüften gebunden und wäre wohl nicht umhin gekommen, ein wenig vom Geld abzuzwacken, das du auf der hohen Kante auf dem Baldachin des Bettes vor Dieben verstecktest. Töchter kosteten nur Geld und brauchten keines, das hätte unser Vater deutlich erklärt. Heimlich wäre ich in den Stall, hätte mir eine Pferdedecke genommen und unter das Cape geschoben: Ich wäre bei Nacht und Nebel mit einem furchtbar schlechten Gewissen losgegangen. Die Männerkleidung sollte mich davor schützen, Wegelagerern als leichte Beute in die Hände zu fallen. Unter dem breitkrempigen Hut hätte ich meine Haare versteckt, oder gleich vor Beginn der Reise abgeschnitten, um knabenhafter zu wirken. Den kleinen Flaschenkürbis hätte ich mit Wasser befüllt. Sich auf eine Pilgerreise zu begeben galt als gefährlich. Nicht selten kam es vor, dass die Suchenden nie mehr wieder kehrten. Es waren nicht nur Räuber und Banditen, die den Pilgern nach dem Leben trachteten. Auch rachsüchtigen Schenkenbesitzern und Kaufleuten mit hoher krimineller Energie konnte man zum Opfer fallen. Zudem waren auch nicht alle Pilger gottesfürchtig, um Buße zu tun und um einen universellen Ablass zu bekommen, den der Kirchenoberste der Katholiken persönlich erließ. Diese Art von Reisen kam einer Kreuzzugteilnahme gleich.
Ein Brotmesser hätte ich in ein kleines Ledertuch gewickelt und in meine Schuhe gesteckt. In deinem weiten dunklen Umhang wären meine Rundungen verborgen geblieben und gleichzeitig hätte es mir Schutz vor zu großer Hitze und Kälte geboten.

In den Herbergen wäre meine Schlafstatt ausgelegtes Stroh oder nur der blanke Boden gewesen. Ob mir das

alles so gefallen hätte, bezweifle ich und, lieber Bruder, ich bin mir nicht sicher, ob ich unter diesen Umständen ein solches Versprechen gegeben hätte. Ob das die Gründe sind, dass in der Historie dieser Zeit keine Frauen erwähnt wurden?

Ich bin froh, dass ich unter relativ günstigen Voraussetzungen gehen kann.

O, das Öl in meiner Lampe geht zur Neige. Schnell noch Gute Nacht an dich, bevor sie ausgeht.

Deine *Eva-Maria*

Vor Astorga, den 9. Mai 2005

Lieber Stefan,

Asta hat mich verlassen!
Auf dem Weg!

Gestern schien alles noch in Ordnung zu sein. Lag es daran, dass es mich so verletzte? Es war, als ob du auf einen Freund zähltest und zuversichtlich warst, dass er bei dir bliebe – bis zum Ziel. Hätte sie es mir doch nicht versprochen, dann wäre ich anders damit umgegangen. Natürlich spürte ich zuvor, dass wir nicht in allem zusammen passten – unsere Schuhe waren von unterschiedlicher Größe – und doch wollten wir gemeinsam weiter gehen. Es war einfach schön zu sehen, wie die Sonne unsere Schatten auf den Feldweg zauberte. Wenn sie schien, wärmte sie uns am Morgen den Rücken. Nun sah ich heute Asta wehmütig nach, wie sie sich mit ihren drahtigen und durchtrainierten Beinen Schritt für Schritt von mir entfernte, bis ich sie nur noch als winzigen Punkt wahrnehmen konnte, der bald danach ganz verschwand. Was tat mehr weh? Dass sie ging oder dass sie nicht einmal umsah?

Ich erinnere mich an den Augenblick vor Villalcázar, wo wir bei strahlendem Sonnenschein fröhlich wanderten. Oder, als wir in dem kleinen Postamt in Frómista genau überlegten, was wir künftig entbehren konnten und nach Santiago de Compostela vorschickten. Der Postbeamte beobachtete uns von der Seite, wie wir uns bedächtig abwägend von dem einen und anderen Stück trennten. Mir schien es, als wäre ihm dieses Bild vertraut. Es genügte uns ein Wanderstock von zweien;   T-Shirts, Wäsche, Ersatzhosen und auch mein Reiseführer purzelten in den Karton. Astas Wegbeschreiber erschien uns ausführlicher und handlicher. Ach, was waren wir erleichtert und beschwingt, nachdem wir uns von überflüssigem Ballast befreit hatten.

Und nun, mein Bruder, war ich wieder allein und zum ersten Mal fühlte ich mich einsam auf dem Weg.

Der öde Feldweg zog sich in die Länge. Es war viel Raum zum Nachdenken. Ich resümierte: Wir beschlossen, vereint den Weg zu gehen, wir schnürten zusammen ein Paket, wir fühlten uns verbunden durch unser gemeinsames Ziel. Aber hatten wir uns wirklich etwas versprochen? Nicht per Handschlag. Es war also doch eher unverbindlich. Ich nahm es zu ernst. Für mich ist es wichtig, mein Gelöbnis zu halten. Ich bin selbst schuld und hätte es früher erkennen müssen.
Nun war ich in Not, in seelischer und organisatorischer Not, denn Manuel bot heute Morgen an, unsere Rucksäcke seinen hier lebenden Eltern mitzugeben, die sie zur Herberge nach Astorga brachten. Ich nahm diese Hilfe dankbar an, um meinen Füßen etwas Ruhe zu gönnen. Manuel fragte auch Asta. Aber wahrscheinlich wusste sie schon am Morgen, dass es mit uns Beiden nicht mehr lange ging.
Nur mit meiner Bauchtasche, ohne Routenbeschreibung, ohne Handy, das im Rucksack lag, mit meiner Wasserflasche, etwas Geld, mit meinem Reisepass, der mir im Moment nichts nützte, war ich nun unterwegs. Kein Pilger vor mir und kein Pilger hinter mir. Ich zählte jeden Schritt, um mich abzulenken. Also gut, dann sollte sein, was sein musste. Ich nahm es an.

Doch, glaub es oder nicht. Ich war heute nicht lange allein. Einige Kilometer weiter am Rand des Feldwegs auf einem Meilenstein lag ein kleiner karierter Zettel. Darauf stand: „To Eva: I like to speak with you. A friend."

Es ist eine schöne und nützliche Art, auf dem Jakobsweg Botschaften für Pilger zu hinterlassen. Ich sah schon einige, aber sie waren nie für mich. Schrieb Manuel den Zettel an mich? Wer sonst konnte es sein? Hatte er den Weggang von Asta mitbekommen?

Der nächste ließ nicht lange auf sich warten. Steine verhinderten, dass der Wind die Zettel fort wehen konnte. Auf einmal sah ich auf der asphaltierten Nebenstraße einen niedlichen Feldstrauß in den spanischen Landesfarben liegen. Nicht weit davon entfernt saß Manuel. Er wartete auf mich. Wie sehr habe ich mich in ihm getäuscht. Ich bin froh, dass ich dir schreiben kann, denn wem sonst könnte ich dies anvertrauen? Manuel, war für mich vor kurzem noch ein verschlossener anonymer Mensch mit skeptischem Blick. Er war da, als Asta ging. Ich muss wirklich Abbitte leisten, was ich ihm selbst natürlich nicht sagen kann, denn er weiß von meiner anfänglichen Ablehnung nichts. Wieder einmal zeigt sich, dass man unvoreingenommen an die Menschen heran gehen soll.

Nun hat mir Manuel heute mit seinen kleinen Notizen Mut gemacht. Langsam verstehe ich, was ich lernen sollte: Loslassen.

Nun bin ich gespannt auf Astorga.

Deine *Eva-Maria*

In Astorga, den 9. Mai 2005

Lieber Stefan,

der erste Gedanke nach dem Aufwachen gilt dir und auch der letzte nach einem anstrengenden Tag, den ich hier häufig als solchen empfinde. So auch heute.

Manuel und ich kamen am späten Nachmittag in Astorga an. Beim Gehen erzählte er ein wenig von sich. Er lebt mit seiner Frau und seinem zehnjährigen Sohn in Madrid. Seine Eltern wohnen in der Nähe von Astorga. In seinem Beruf als Polizist musste er schon einiges durch stehen. Ging er deshalb den Weg? War etwas vorgefallen, was er verkraften musste? Ich hätte gerne mehr von ihm erfahren, aber irgendetwas in seinem Blick ließ mich zögern. Vielleicht gab es ein tragisches Schicksal in der Familie. Er konnte nicht darüber reden und strich über seine Stirn, als ob er die trüben Erinnerungen vertreiben wollte. Ich fragte nicht weiter.

Mein Lieber, wir hatten einen traumhaften Blick auf Astorga auf der Terrasse über dem Tal des Tuerto, wo ein meterhohes Kreuz steht. Die Profile der Kathedrale und des Bischofspalastes prägen die Stadt in der Provinz Kastilien-Leòn. Gemächlich spazierten wir in das Zentrum. An der Stadtmauer entlang sahen wir offen gelegte Fundamente eines römischen Stadttors. Im Herzen der Stadt angekommen, betrachteten wir die Bauwerke genauer. Die über Jahrhunderte lange Bauzeit der gotischen Kathedrale hat sich gelohnt. Für Riesen geschaffene Portale mit filigranen Reliefs bieten einen würdigen Eintritt in die dreischiffige Kirche ohne Querhaus, die im nördlichen Teil eine der schönsten romanischen Mariendarstellungen Spaniens beherbergt. Nicht weniger imposant ist der ehemalige

Bischofspalast, den der berühmte Antonio Gaudí Ende des 19. Jahrhunderts errichten ließ. Es ist kein typisches Bauwerk von ihm, vielmehr wirkt es auf mich wie ein verwunschenes Schloss im neugotischen Jugendstil mit Rundtürmen und dunkel abgesetzten Kegeldächern.
In Astorga fühlte ich mich vom ersten Augenblick an wohl. Manuels Tante wohnt seit Jahren in der Altstadt. Ich kann es verstehen, denn es breitet sich vor allem in dieser Stadt die Mannigfaltigkeit spanischer Kultur- und Denkmäler aus. So stellte ich mir Spanien schon immer vor.

Manuel kopierte mir Routen bis nach Santiago de Compostela. So konnten wir unabhängig voneinander je nach Verfassung den nächsten Tag planen. Und der war nie vorherzusehen, denn meine Füße plagten mich heute wieder. Nichts ging mehr. Manuel begleitete mich zur Notaufnahme in die Klinik. Ich wurde bestens versorgt und war zuversichtlich für die nächsten Tage. Er ließ sein Schienbein untersuchen. Auch hier signalisierte die Ärztin, dass er weiter gehen konnte. Die Behandlungen kosteten nichts. Vielleicht lag es an Manuels Charme. Ich kann es dir nicht sagen und hoffe für die anderen Pilger, dass es keine Ausnahme war.

Er begleitete mich noch zur privaten Herberge St. Javier. Die Unterkunft war eine Oase für jeden Pilger. In einem gut renovierten ehemaligen erhabenen Bürgerhaus wurden wir mit leiser meditativer Musik in den Eingangsbereich magnetisch hinein gezogen. Es war ein großzügiger Raum, der rechter Hand einen Blick in die gemeinschaftliche Holzküche bot. Durch Stufen abgesetzt, lag ein kleines Refugium mit einer bequemen Sitzecke. Hier konnte man sich sammeln und die Erlebnisse des Tages verarbeiten. Gegenüber saß der Herbergsvater und nahm die Anmeldungen des Tages entgegen.

In einer antiken Amphore waren unterschiedlichste
Pilgerstäbe zu sehen. Von handgeschnitzten nostalgischen
Stäben bis hin zu modernen Teleskopstöcken gab es alles.
So verschieden durften auch die Charaktere der Pilger
sein, die hier nächtigten.

Manuel verbrachte die Nacht bei seiner Tante. Wir
verabschiedeten uns, ohne etwas für den nächsten Tag
zu vereinbaren. Wenn es sein sollte, würden wir uns
bestimmt wieder sehen.

Ich blieb noch eine Weile in der behaglichen Sitzecke. Es gesellte sich Maria zu mir, eine Pilgerin aus Köln, die ihren Weg in Toulouse begann. Sie wanderte über die Pyrenäen. Neugierig fragte ich sie aus, denn dieser Abschnitt war mir nur aus Büchern bekannt.

„Ach meine Liebe, du hast etwas verpasst. Die Etappe vom Somport-Pass bis Jaca war zwar anstrengend, aber sie belohnte mich mit sattgrünen Almwiesen und kleinen Bächen. Als Sportlehrerin bin ich einiges gewohnt. Aber, diese Strecke sollte man nicht unterschätzen. Ich wanderte weiter bis Puente la Reina zum Camino francés über gotische Brücken und nach Villamayor de Monjardin. Dann durchstreifte ich die Rioja-Weinberge von Viana über den Ebro-Fluß quer durch Logronjo, der Hauptstadt der Provinz Rioja und will unbedingt einmal im Herbst zu den vielen Weinfesten kommen. Von Najera ging es weiter nach Santo Domingo de la Calzada, Belorado bis San Juan de Ortega, dem letzten Dorf vor der Stadt Burgos." Ich hörte ihr interessiert zu, denn dies möchte ich mir auch einmal vornehmen. Vielleicht mit dir?
Ich fragte sie, was sie am meisten beeindruckte. „Natürlich die Weinberge und vor allem das Hühnerwunder in Santo Domingo de la Calzada." Ich verstand nicht und fragte sie, was es damit auf sich hatte.
Da erzählte sie mir von einer Geschichte, die nur aus dem Mittelalter stammen konnte: „Im 15. Jahrhundert war ein Ehepaar mit seinem Sohn auf dem Weg zum Jakobsgrab. Sie übernachteten in einer Herberge in Santo Domingo de la Calzada. Die Tochter des Wirtes schlich sich in der Nacht zum Pilgersohn ins Bett und wollte ihn verführen. Er blieb jedoch standhaft, was der Wirtstochter missfiel. Aus Rache versteckte sie einen Silberbecher im Pilgerbeutel des Jungen und verriet ihn. Er wurde nun beschuldigt, den Wirt bestohlen zu haben. Der Schankwirt brachte ihn vor den Richter, der ihn verurteilte und hängen ließ.

Die Eltern waren erschüttert und setzten tieftraurig ihre Wallfahrt ohne Sohn fort, beweinten den Tod des Jungen am Schrein des heiligen Jakobus und beteuerten seine Unschuld. Nach 36 Tagen kehrten sie zurück nach Santo Domingo de la Calzada. Da staunten die Eltern, denn sie trafen den Jungen am Galgen lebendig an. Er sagte zu ihnen: „Ich bin nicht tot. Gott und sein Diener, der heilige Jakobus, haben mein Leben gerettet. Darum flehe ich Euch an, geht zum Richter der Stadt und bittet ihn, herzukommen und mich herunter zu lassen." Sie traten vor den Richter. Der aber glaubte ihnen nicht. Doch die Eltern waren davon überzeugt. Da meinte der Richter: „Euer Sohn, der dort seit 36 Tagen hängt, ist so tot wie dieser Hahn und die Henne auf meinem Teller." Kaum hatte der Richter dies ausgesprochen, da erhoben sich die gebratenen Tiere und flogen zum Fenster hinaus. Der Junge wurde vom Galgen abgenommen und die Familie trat gemeinsam die Heimreise an.

Seitdem gibt es in Santo Domingo de la Calzada in der Kathedrale einen Käfig mit einem lebenden Hahn nebst Henne. Hörst du den Hahn in der Kirche krähen, bringt es dir Glück. Und nun darfst du raten, ob er krähte, als ich in der Kirche war. Natürlich!"

„Glaubst du die Geschichte?", fragte ich. Maria meinte: „Was immer auch vorgefallen war, die Legende verschaffte dem Dorf eine wunderbare Kathedrale. Ich bin immer wieder überrascht, wie sich solche Legenden über viele Jahrhunderte retten."

Ach, ich könnte noch Seiten füllen, aber ich brauche meinen Schlaf.

Bis bald hier wieder in meiner imaginären Schreibstube

Deine *Eva-Maria*

Rabanal del Camino, den 10. Mai 2005

Lieber Stefan,

ich liege auf meinem Schlafsack im Bett der Herberge mit dem wohlklingenden Namen „Del Pilar" in Rabanal del Camino, einen Tagesmarsch weit entfernt von Astorga, und möchte dir vor dem Abendessen noch ein paar Zeilen schreiben.

Die Herberge sieht aus wie ein kleiner alter Gutshof mit einem anheimelnden Innenhof, in dem sich bei schönem Wetter das Leben abspielt. Die Pilger kamen schon früh an, zu Fuß und auch mit Fahrrädern. Es gibt eigens eine Route für Fahrradpilger. Die Herberge war bis auf den letzten Platz belegt und wir genossen es, noch am frühen Abend draußen sitzen zu können ohne zu frieren.

Es war heute angenehm zu gehen: nicht zu warm und nicht zu kalt. Ich empfand es als wohltuend, fast keinem Menschen begegnet zu sein. Es genügte mir heute ein kleines Lächeln, ein kurzes: „Buen Camino" und eins zu sein mit der Natur. Selbst die Teilstrecke auf Asphalt war kurzweilig: Ich zählte besinnlich meine Schritte und flocht immer wieder deinen Namen ins Zählen ein. So bist du mir nah in der Ferne und der Wert meiner Reise ist gegenwärtig.

Max Frisch kam mir in den Sinn mit einem Aphorismus, der mich schon länger begleitet und der mit einer Frage an sich selbst beginnt: „Was bist du eigentlich? Man hat gearbeitet an sich selbst, mit viel Aufwand an Zeit und Seele. Auch all die Irrungen können nicht verloren sein. Selbst wenn sie an sich albern sind, so bedeuten sie doch eine Strecke auf dem Weg zu einem reifen Menschentum."

Jetzt, wo ich bäuchlings vor einem Blatt Papier liege, fliegt mein Stift fast über das Blatt und ich habe Mühe, meine fließenden Gedanken fest zu halten. So ist es oft mit dem Schreiben. Es ist für mich eine Quelle, an der alles beginnen darf, nicht wissend, wohin es führt. Der Anfang ist mir sehr wohl bewusst, aber welche Worte mir auf dieser Reise begegnen, überlasse ich dem Zufall, den es doch eigentlich nicht gibt. Alles hat Sinn, ich sehe es wie Max Frisch. Blicken wir dann zurück, stellt es sich als eine wichtige Erfahrung heraus, die ein weiterer Mosaikstein in unserem Leben ist. Später, wenn ich Zuhause bin, will ich mit dir zurück blicken und gemeinsam manchen Brief lesen, den ich dir vom Pilgern schrieb.

Fragst du dich, was so anders ist am Pilgern, als in einem Park meditativ seine Schritte zu zählen? Wäre dies nicht überall möglich? Ja und Nein. Ja: Meditieren kann man im kleinsten Raum. Nein, weil es hier anders ist. Es ist die Magie dieses Weges, der man sich nicht entziehen kann. Dieser fast tausend Jahre alte Pfad hat schon so viele geschundene Füße getragen und so viele Tränen aufgesogen, die unsichtbare Spuren hinterließen. Er fordert uns heraus, mehr über unser Dasein nachzudenken. So ist es auch mit den Schmerzen, die uns im Laufe des Lebens zugefügt werden. Ich erlebe in Zeitraffer, was dir täglich widerfährt. Wie ungleich ist mein Kampf gegenüber dem deinen! Ich bin gesund und habe lediglich mit Blessuren zu kämpfen, die wieder vorübergehen. Aber du, der du täglich im Bewusstsein der Endlichkeit leben musst, hast viel mehr zu tragen. Ich bewundere deine Stärke, die mir Beispiel ist. Du zeigst, wozu ein Mensch fähig sein kann, wenn er die Herausforderung annimmt. Danke dafür!

Ich werde gleich weiter schreiben. Bevor es dunkel wird, möchte ich mir den Ort Rabanal del Camino ansehen.

Bis gleich …

… es gibt Orte, die heimelig und andere, die geheimnisvoll sind. Rabanal del Camino ist mir als Großstadtmensch fast zu lautlos, zu spirituell. Hier bellt auch der Dorfhund nur verhalten. Es ist ein Ort, der einlädt zur inneren Einkehr. Ich verlernte es mittlerweile, in Stille einzutauchen und darin eine wohltuende Ruhe zu finden. Der Lärm des Alltags ist mir vertrauter als solch ein idyllischer Ort, in dem selbst ein kräftiger Schimmel in der Koppel brav und gehorsam seine Runden am Holzzaun entlang dreht.

Wie weit mag wohl der Lebensradius der Dorfbewohner reichen? Kennen sie die Montes de León in gesamter Länge und Pracht? Vielleicht brauchen sie es nicht, um glücklich zu sein. Im Gegensatz zu mir.

Ich las im Prospekt von Rabanal del Camino, die Benediktinermönche vom Kloster San Salvador del Monte Irago laden täglich zur Vesper und zum Pilgersegen ein. Es wird der heilige Anselmo in dem Kirchenprospekt zitiert: „Oh Mensch, elend und schwach: lass deine gewöhnlichen Sorgen einen Moment hinter dir. Komm einen Augenblick zu dir, weit weg vom Sturm deiner Gedanken. Lege deine Sorgen ab, nimm Abstand von der ruhelosen Arbeit. Suche für einen Moment Gott. Wenn du willst, ruhe in seinem Schoß aus. Nimm von allem Abstand, außer von Gott und den Dingen, die dir helfen können, ihn zu erreichen. Suche ihn in der Stille deiner Einsamkeit."

Und was tat ich? Ich verpasste das liturgische Gebet, die Vesper, die Beichtgelegenheit, die Komplet. Womöglich entgingen mir der Pilgersegen, die Laudes, die Eucharistiefeier, und all das wegen einer Banalität: Mein schlechter Orientierungssinn führte mich zur falschen Kirche, an den Ortsanfang. Die Kirchenglocken läuteten schon im Dorf, doch meine Füße waren schwer wie Blei.

Ich dachte mir, würde ich jetzt loshumpeln, käme ich gerade noch rechtzeitig, um das Amen in der Kirche des Benediktinerklosters zu hören. Ich blieb vor der kleinen romanischen Kirche und legte mich ins Gras, genoss die Kühle des Abends, während die letzten Sonnenstrahlen sich verabschiedeten. Vielleicht sollte es so sein: es war meine Art der Einkehr und des Innehaltens. Ich fühlte, Er war da, in der Stille meiner Einsamkeit.

Frage nicht, wie lange ich im Gras lag. Irgendwann wurde mir zu kalt und die Angst trieb mich hoch, die Herberge verschlossen vorzufinden. Ich hatte Glück! Sie war noch offen.

Bin bei dir und hoffe, meine Kraft an dich schicken zu können.

Deine *Eva-Maria*

Molinaseca, den 11. Mai 2005

Lieber Stefan,

ich war heute wieder mit Manuel unterwegs. Wir wollten von Rabanal del Camino nach Molinaseca, was einem Tagespensum von cirka fünfundzwanzig Kilometern entsprach. Manuel war bereits fertig zum Gehen und stand lächelnd an der Eingangstüre der Herberge. Er wollte mich begleiten. Ich zögerte und erklärte ihm, er müsse nicht auf mich warten, denn meine Kräfte waren noch nicht wach. Wie sollte ich es ihm sagen? Ich spürte die Kraft der Erdanziehung in meinen Beinen und wusste, es würde länger dauern, bis ich meinen Tagesrhythmus gefunden hätte. Er ließ sich nicht davon abbringen, bei mir zu bleiben. So waren wir wieder die Letzten, die das Refugium verließen. Schweigend stapften wir durch die Nebelsuppe, um nach Foncebadón zu gelangen. Schlechte Karrenwege und steile Pfade erschwerten unseren Gang. Als wir ankamen, fanden wir einen gespenstischen Ort vor. Es war ein beklemmendes Gefühl, zerstörte, dem Erdboden gleich gemachte Häuser zu sehen. Die noch heil gebliebenen Behausungen waren längst verlassen. Zumindest stand die Bar noch – ein schwacher Trost. Wir traten ein. Manuel unterhielt sich angeregt mit der Kellnerin. Ich verstand kein Wort, fühlte mich wie benommen in dieser schaurigen Atmosphäre. Was war mit diesem Dorf geschehen? Ich konnte es mir nicht erklären.

In der Bar insistierte ich, alleine weiter zu gehen, damit Manuel seinen eigenen Schritt beibehalten konnte. Er verstand und ging. Ich trank in kleinen Schlucken meinen Kaffee und kurze Zeit später verließ ich die Bar. Als ich die Türe öffnete, sah ich davor einen bepackten Esel auf seinen Herrn warten. Ein friedliches und versöhnliches

Bild. Doch das Idyll hielt nicht lange. Ich zog vorbei an den unheimlichen, in Schleier gehüllte Ruinen und war mir gar nicht mehr so sicher, das Richtige getan zu haben, als ich Manuel fortschickte. Plötzlich tauchte im Dunst eine Gabelung auf und ich sah Manuel stehen, der auf mich wartete. Ich war erleichtert. Er wollte mich in dieser gruseligen Gegend nicht alleine lassen. Es gab einen Fußpfad, der bei diesem Wetter wesentlich schwieriger war als die parallel verlaufende Passstraße. Wir nahmen den einfacheren Weg, die asphaltierte Straße. Wieder einmal half er mir.

Später erfuhr ich von anderen in der Herberge, dass sich ein ganzes Rudel Wildhunde in dieser Gegend aufhielt. Das bestärkte mich in meinem Glauben, dass mir nichts passieren wird und mein Schutzengel auch noch Helfer hat.

Wir folgten der Pass-Route und gingen schweigend, in die eigenen Gedanken versunken bis zum Cruz de Ferro. Die Nebelglocke ließ nur allmählich den meterhohen Baumstamm sichtbar werden, auf dem das berühmte Kreuz aus Eisen thronte. Es ist umgeben von unzähligen großen und kleinen Steinen. Hier legt man mit dem mitgebrachten Stein die Last nieder, deretwegen man den Jakobsweg angetreten hatte. Von diesem angesammelten Hügel ging eine bedrückende Atmosphäre aus. Ich stieg auf den Schicksale tragenden Buckel und auf halber Höhe fand ich einen Platz für meinen Stein. Warum dieser und nicht ein anderer? Warum dir? Warum in dieser Zeit und nicht in einer anderen? Warum dieser Weg und nicht ein anderer? Warum nur? Ich hielt inne – betete für dich. Mit diesem symbolischen Akt ließ ich unsere sorgenreiche Zeit hinter uns.
Manuel verbrachte auch einige Momente in Stille und betete. Wir mussten nicht reden, wir spürten, wie wichtig diese Zeichen waren, die man ab und zu in seinem Leben setzen muss.

Wieder zurück auf der Asphaltstraße zwängte sich langsam die Sonne erfolgreich durch den Wolkenschleier. Auf Passhöhe hatten wir Glück, denn der Himmel riss kurz auf. Wir durften ein wunderbares Panorama mit saftig grünen Hügelrücken genießen. Anschließend machten wir uns auf nach Manjarín, einer Einöde in der Mitte einer idyllischen Landschaft. Es befand sich dort eine eindrucksvolle Pilgerherberge, ursprünglich geblieben, ohne fließendes Wasser.

Manjarín nahm ich bis jetzt als einen der friedlichsten Orte auf dem Camino wahr. Eine Bank und ein Tisch aus verwittertem Holz luden uns zu einer Pause ein. Mag es der Geist der Templer gewesen sein, oder was auch immer, Manjarín war umwoben von seltsamen Kräften. Wegweiser aus Holz gaben Entfernungen in alle Himmelsrichtungen an. Santiago de Compostela 222 Kilometer, Finisterre 295, Rom 2475 und Jerusalem 5000 Kilometer, um die wichtigsten zu nennen.

Ich ging in ein verschrobenes Haus mit Schieferdach. Die alte Hütte war gefüllt mit Souvenirs für Pilger und esoterischen Utensilien. Da fand ich meine Jakobsmuschel, die fortan mit einem roten Wollfaden an meinem blau-grauen Designerrucksack baumelte.

Hier hatte ich eine merkwürdige Begegnung, die du dir nur schwer vorstellen kannst. Als ich mich auf die Holzbank setzte, kam aus dem Laden eine hagere Frau und bot Manuel und mir Kaffee an. Ich meinte, diese Frau zu kennen. Es war ein Déjà-vu-Erlebnis. Wäre ich nicht in meinen christlichen Wurzeln so gefestigt, würde ich meinen, sie aus einem früheren Leben zu kennen. Da hatte unsere katholische Großmutter nachhaltige und wirksame Arbeit geleistet, mir die christlichen Lehren während meiner Kindheit und Jugend so nahe zu bringen. Wir setzten uns und nahmen dankend den heißen Kaffee, den sie uns servierte. Er wärmte zugleich unsere Hände, die vom unwirtlichen Wetter ausgekühlt waren. Ich lüpfte meine Schuhe und Socken, dass meine eingemummten Füße sich dem Blick der gebrechlichen Person darboten. Manuel sprach mit der mir so Vertrauten und erzählte die Geschichte meiner persönlichen Pilgerkrankheit. Sie hörte ihm aufmerksam zu, setzte sich zu mir auf die Holzbank, während sie meine Füße in ihre Hände nahm. Von ihren langen knorrigen Fingern ging eine Energie aus, die ich mir nicht erklären konnte. Sie lächelte und ließ meine Füße behutsam wieder los. Als Manuel und ich uns von ihr verabschiedeten, um weiter zu ziehen, löste ich spontan das Kreuz aus Kokosnussholz von meinem Hals und legte es in ihre Hände. Wir umarmten uns wortlos. Ein letzter Blick zu ihr gab mir Gewissheit, dass sie meine Botschaft verstand.

Heute konnte mich nichts mehr aufhalten, kein Regen, keine Kälte, keine durchtränkten lehmigen Böden. Es war, als hätte mir eine Gefährtin aus lange vergessenen Tagen den notwendigen Elan zum Weitergehen gegeben. Vielleicht hätte Manuel auch eine solche Behandlung gebraucht, aber wir waren schon wieder auf den Beinen. Manuels Schienbein tat, seinem Humpeln nach zu schließen, heute besonders weh. Er vermied es, mich anzusehen und wollte dadurch sein schmerzverzerrtes Gesicht nicht zeigen. Ich sang deutsche Wanderlieder, damit wir im Takt blieben. Manuel lächelte gequält. Schmale regennasse Pfade an Berghängen entlang säumten unseren Weg und prägten das Landschaftsbild. An unseren Schuhen klebten Brocken von Schlamm. Ich konnte mir in dem Moment diese Gegend nur schwer bei Sonnenschein vorstellen. Es wollte nicht enden, das sich von einem Berg zum anderen Hangeln. Hatten wir eine Bergseite glücklich hinter uns gebracht in der Hoffnung Molinaseca zu erblicken, war schon die nächste vor uns.

Wir kamen durch ein Dorf mit engen Gassen und schmalen Häusern, deren Holzbalkone den Ort noch gedrungener erscheinen ließen. In einem Tante-Emma-Laden machten wir Rast. Die Tante hier hieß nicht Emma sondern Josefa. Hungrig bestellten wir aus der ältlichen, aber noch intakten Kühltruhe Käse und selbst gemachten Kartoffelsalat und Weißbrot. Wir nahmen Platz an einem kleinen runden Tisch mit zwei Hockern.

Das Essen schmeckte uns. Josefa plauderte lebhaft mit Manuel, wobei sie uns immer wieder geschickt andere leckere Sachen aus der Truhe offerierte. Ihr Mann war zurückhaltender, aber genauso freundlich. Außer der Theke und der kleinen Essgruppe waren im Laden noch zwei mit Haushaltswaren gefüllte Regale. Hier bekam man alles, was man so im täglichen Leben brauchte, angefangen von der Kernseife bis hin zu wärmenden Wollsocken.

Tante Josefa fragte uns, wo wir den Jakobsweg begannen, wie viele Kilometer wir am Tag schafften. Sie erzählte von einem Pilger, der ganz in der Nähe mit einem Fahrrad einen tödlichen Unfall hatte. Das war also der Grund für das kunstvoll gestaltete Fahrrad neben dem Friedhof. Schnell verging die Zeit und wir mussten weiter, wollten bezahlen. Als wir den handgeschriebenen Zettel von Tante Josefa lasen, waren wir überrascht. Das war ein stattlicher Preis für eine Vesper. Manuel und ich sahen uns kurz an und dachten in diesem Moment das Selbe. Wir fühlten uns über den Löffel balbiert. Hier waren die Bewohner auf Pilger angewiesen und wir auf die Bewohner. Nun, wir zahlten unseren Tribut und gingen.

Es regnete seit Stunden beharrlich und unsere Capes trieften vor Nässe. Kleine Pfützen auf der Hauptstraße wurden schnell zu großen Wasserlachen, die wir kaum überspringen konnten. Am frühen Abend kamen wir in Molaniseca an. Die Pilgerherberge war komplett belegt. Es lagen bereits Schlafsäcke auf dem Boden. Ich konnte trotz allem noch ein Bett ergattern, das anscheinend übersehen wurde. Manuel erklärte mir, dass er heute noch mit dem Bus weiter nach Ponferrada möchte. Wir hätten bestimmt noch einen Platz für ihn gefunden, aber er wollte nicht. Es trieb ihn weiter. Ich bedankte mich herzlich bei ihm und ließ ihn ziehen. Ich hätte ihn nicht aufhalten können, das spürte ich. Ob wir uns wieder treffen ist ungewiss, doch immer möglich.

Siehe da: Den einen Pilger verlierst du, den anderen triffst du wieder. Das ist auf dem Weg ein natürlicher Verlauf, wie ich feststellte. Denn kurz nachdem Manuel die Albergue verlassen hatte, kam Jana. Unsere Begegnung in Astorga war nur flüchtig, deshalb erwähnte ich sie noch nicht. Mal sehen, ob wir eine Strecke gemeinsam gehen werden. Wenn nicht, werde ich nicht traurig sein. Ich habe gelernt loszulassen.

Liebe Grüsse und Umarmung

Deine *Eva-Maria*

Auf dem Weg nach Ponferrada, den 12. Mai 2005

Lieber Bruder,

ich schwanke zwischen weltlichen und spirituellen Gefühlen. Dieser Brief an dich ist ein Versuch, meine Gedanken zu ordnen. Ich will sie verstehen, wobei Letzteres vielleicht in diesem Moment keinen Abschluss findet.

Den ganzen Tag über sinnierte ich: Was ist der Jakobsweg eigentlich für mich, seitdem ich auf ihm wandle? Ich ging ihn doch nur für dich. Vielmehr wurde daraus: Ich beginne, Stationen meines Lebens zu ergründen und zu hinterfragen, ob denn die Entscheidungen, die ich traf, die Richtigen waren. Ich erkenne, dass ich loslassen und Ruhe in mein Leben bringen muss. Was nützen mir trübe

Gedanken über verpasste Möglichkeiten. In der Zeit so mancher Zwangslage gibt es wenig Alternativen. Schon jetzt will ich dir Danke sagen, dass du mir, wenn auch ungewollt, zu diesem Erlebnis verholfen hast.

Die Begegnungen mit anderen Pilgern sind wichtig, aber nicht alles. Sie sind ein Spiegelbild dessen, was man selbst zu finden glaubt. Jeder Sinnsuchende erfährt ihn anders, und das ist die Mitte des Ganzen. Wieder sich selbst erspüren ohne Ablenkung und Zerstreuung. Wie wenig dabei das Materielle eine Rolle spielt, zeigt das Gewicht meines Rucksackes. Ein Stück Seife, ein trockenes Tuch, wärmende und vor Regen und Wind abschirmende Kleidung, für den Schlaf eine schützende Hülle und natürlich Leben erhaltendes Wasser, mehr braucht es nicht. Was von einem Tag zum andern leben bedeutet, sich auf das Leben einzulassen, auf Überraschungen gefasst zu sein, aber diese nicht zu fürchten, sondern als einen natürlichen Verlauf zu akzeptieren.
Der Glaube bekommt wieder einen anderen Stellenwert in meinem Dasein. Ich fühle wieder, was es bedeutet, Christin zu sein, ohne dabei die Schwächen der Weltlichkeit aus den Augen zu verlieren. Und nun frage ich mich, was ich dir für dieses Geschenk geben kann.
Manchmal habe ich ein schlechtes Gewissen, denn ich würde dir gerne diese wertvollen Erfahrungen gönnen. Du bist doch der Mensch, der all diese Kraft jetzt benötigt, nicht ich. Du bräuchtest doch momentan diese Begegnungen, die Zuversicht spenden. Ich hoffe sehr, dass meine Zeilen ein wenig von den wundersamen Momenten wieder geben können und Lichtblicke für dich sind.

Ein kurzer Brief in der Hoffnung, dir etwas von der Mystik meiner Reise vermitteln zu können.

Sei umarmt von mir.
    Deine Schwester

Ponferrada, den 12. Mai 2005

Lieber Bruder,

eigentlich wollte ich tiefer in diese Welt der Besinnung eintauchen, wie gestern in meinem Brief an dich. Doch, der Pilgeralltag holte mich schnell wieder ein.

Ponferrada empfand ich als eine hässliche graue Industriestadt. Die umliegenden Bergwerke taten ein Übriges dazu, dass ich mich unwohl fühlte. Kaum vorstellbar, dass hier die fruchtbare Landschaft des Bierzo begann.

Ein erfreulicher Anblick war die ehemalige Festung der Templer, das Castillo de los Templarios. Mit ihren grauen Steinquadern, den Zinnen und Rundtürmen erinnerte sie mich an eine gut erhaltene Ritterburg. Bestimmt verbargen sich darin unterirdische Verliese, in denen Templer Zuflucht während der spanischen Inquisition fanden. Vor meiner Reise beschäftigte ich mich mit dem Orden der Tempelritter. Heute, vor der Templerburg stehend, war ich froh darüber, meine wenigen Notizen über die Geschichte des Jakobswegs noch zu haben. Und nachdem mir die Gegenwart gerade nicht so gefällt, lasse dich von mir ins Mittelalter entführen:
Im 12. Jahrhundert wurde der erste Templer-Orden in Jerusalem gegründet. Die Tempelritter hatten es sich zur Aufgabe gemacht, Pilger auf ihrem Weg zur heiligen Stätte nach Palästina zu beschützen. Meist stammten sie aus adeligen Familien, für die es eine Ehre war, Verwandte in diesem Orden zu wissen. Es entstanden Verbindungen, aus denen sich ein perfekt ausgeklügeltes logistisches und wirtschaftlich einträgliches Netz zwischen Palästina und Europa entwickelte, das seinesgleichen suchte und von dem vor allem Grafschaften und Adelige profitierten.

Nach der Entdeckung des Grabes von Jakobus dem Älteren war neben Rom und Jerusalem auch Santiago de Compostela ein erklärtes Ziel der Templer, Suchende vor auflauernden Wegelagerern zu bewahren und den Banditen das Handwerk zu legen. Also hätte ich mich auch in dieser Zeit auf die Reise begeben, mit deinem Cape, dem breitkrempigen Hut und der Pferdedecke unterm Arm. Die Templer waren über die Grenzen hinaus für ihre Zuverlässigkeit und Treue bekannt. Da hätte ich mich einigermaßen sicher gefühlt.

Sie waren Ritter und Mönche in einem. Ihre Ordenstracht war ein weißer Mantel mit dem achtspitzigen roten Tatzenkreuz auf der herzseitigen Brust. Ich ging schon an einigen Tatzenkreuzen vorbei. Sie waren ganz dem Orden verpflichtet, der die Ideale aller christlichen Werte verankert. Die Ritter entsagten materiellen Dingen, waren keusch und gehorsam. Der Orden als Institution hingegen wurde immer reicher und mächtiger. Die pflichtbewussten Ritter aber folgten nur einem Meister, von dem sie ihre Weisungen erhielten. Einer der höchst angesehenen Meister war Jacques de Molay, der Mitte des 13. Jahrhunderts in den Orden eintrat. Die Templer wurden Anfang des 14. Jahrhunderts der Ketzerei und Unzucht bezichtigt, was von Philipp IV. aus Frankreich initiiert wurde, dem der Orden zu mächtig war. Er fühlte sich in seinen Herrschaftsansprüchen eingeschränkt. Jaques de Molay bat Papst Klemens V. selbst die Untersuchungen zu führen. Der gesundheitlich angeschlagene Papst verschob die Forschung nach der Wahrheit und wollte sie Mitte der zweiten Oktoberhälfte im Jahre 1307 beginnen. Es kam nicht dazu.
Am Freitag, den 13. Oktober 1307 wurden auf Befehl des Königs fast alle Templer in einer Nacht- und Nebelaktion landesweit verhaftet. Seitdem ist Freitag der 13. ein unheilvoller Tag.

Jaques de Molay wurde in der Pariser Templerburg eingekerkert. Die Ketzerrichter übernahmen die Untersuchungen. Wahrscheinlich unter Folter gab er zu, bei seiner Aufnahme in den Orden aufgefordert worden zu sein, Jesus zu verleugnen und auf das Kreuz zu spucken. Immer noch drängte der König den Papst, den Orden aufzulösen. Der Papst wollte sich jedoch selbst ein Bild machen und sandte zwei Kardinäle zu Jaques de Molay. Der König widersetzte sich anfänglich. Erst als ihm die Exkommunikation angedroht wurde, unterwarf er sich den Anordnungen des Papstes. De Molay widerrief sein Geständnis. Der Papst ordnete die Entsendung der Templer nach Portier an, um selbst die Glaubwürdigkeit der Aussagen zu erforschen. Nach Auskunft der königlichen Gesandten waren die Templer zu geschwächt für eine Reise. De Molay und viele andere Templer wurden jahrelang in Chinon festgehalten. Er widerrief sein erstes Geständnis in der Zuversicht, noch einen Mitstreiter des Templerordens in Papst Klemens V. zu haben. Doch dieser war zu sehr mit seinem gesundheitlichen Zustand beschäftigt und überließ letztendlich die Templer ihrem Schicksal. Die lebenslange Haft wurde nach dem Widerruf de Molays und der damit verbundenen Rehabilitation des Templerordens in Tod auf dem Scheiterhaufen umgewandelt. Er war mit Geoffroy de Charney bei lebendigem Leib verbrannt worden. Der Templerorden war bereits zwei Jahre zuvor aufgelöst worden. So hatte der König sein Ziel erreicht und die Schwäche des Papstes für seine Zwecke genutzt. Wie sehr sich die Absichten Macht hungriger und gieriger Herrscher im Laufe der Geschichte gleichen.

Genug der Geschichte. Beim nächsten Mal berichte ich dir wieder von der Gegenwart.

Deine Schwester

Cacabelos, den 12. Mai 2005

Lieber Stefan,

abgesehen von meinem kleinen Ausflug in die Historie der Templer war gestern ein angenehmer Tag in der Natur, nachdem wir Ponferrada hinter uns gelassen hatten. Ich war mit Jana unterwegs. In ihr hatte ich eine ebenbürtige Begleiterin. Wir ließen uns beide Zeit und die Natur auf uns wirken. Den erdigen feuchten Geruch sogen wir tief in uns ein, den das Meer von Moospolstern am Morgen verströmte. Es streckte und räkelte sich das verschlafene Grün um uns dem Tag entgegen. Im Strahl der warmen Frühlingssonne schmolzen die weißen Nebelbänke dahin wie Zuckerwatte im Mund. Ein Erwachen wie dieses gibt mir soviel Kraft.

Jana ist eine lebensfrohe und ausgeglichene Frau in den besten Jahren. Sie begann wie ich in Burgos. Auch sie hatte von Anfang an einen besonderen Bezug zum Jakobsweg. Sie will, wie Bryan, den Weg überwiegend alleine erfahren.

Jana sprach von ihrem Wirken in Tschechien. Sie ist Heilerin und gibt Kurse in Selbstfindung und gesunder Lebensweise im Einklang mit der Natur. Während des Gehens brachte sie mir ein Mandala bei. So zogen wir singend und heiter vorbei an kraftstrotzenden Apfelhainen und grün wachsenden Weinreben. Wir erreichten bei strahlendem Sonnenschein die reichhaltige Weinberglandschaft des Bierzo. Die prächtig gedeihende Region befindet sich zwischen den Bergen von León hinter uns und der vor uns liegenden Sierra de Ancares. Sie bilden die natürliche Grenze zu Galicien. Wir wollten eine offen stehende Garage passieren. Da winkte uns ein untersetzter in die Jahre gekommener Weinbauer zu sich.

Er grüßte freundlich und fragte uns, ob wir Lust auf eine Weinprobe hätten. Claro! Die Rast tat gut.

Wir nahmen Platz auf einer rustikalen Holzgarnitur. Es waren einige Pilger an der Garage vorbei gekommen, doch der Winzer lud nicht jeden zur Probe. Von hier aus konnte er einem Teil seines Weines beim Wachsen zusehen. Es war junger Wein, den er uns mit schmackhaften Oliven und Brot servierte. Er fragte uns, woher wir kämen und wie uns die Landschaft gefiele. Ich versuchte, meinen in Granada erst frisch erworbenen Wortschatz zu aktivieren, erzählte woher wir kämen und weshalb wir den Weg gingen.

Weißt du lieber Bruder, das ist es, was mir in der Großstadt fehlt. Ein kleiner Plausch über Alltäglichkeiten, ein paar Anekdoten, die man sich erzählt, eine herzliche Umarmung, bevor man weiter geht. So sagten wir auch nach einer knappen Stunde „Adios!", und wurden mit einem „Buen Camino" verabschiedet. Wie froh bin ich darüber, dass ich erst vor kurzem intensiv Spanisch lernte.

Bis Cacabelos wollten wir es heute schaffen. Die Herberge liegt im Hof der Kirche Dolorosa Algunos. Siebzig Personen finden hier in abgeteilten Minihäusern Platz, die den Innenhof wie ein Halbbogen einrahmen. Bänke ohne Lehnen luden ein, die Füße in die Sonne zu strecken. Nach und nach kamen bekannte und fremde Reisende in den Hof. Ich könnte dir mehr von Massimo dem jungen italienischen Pilger erzählen, von Heinz aus Köln, der nach seiner Pensionierung den Jakobsweg als weitere Etappe in seinem Leben ging. Er verband in El Pilar meine Füße, gab mir Tipps zum Durchhalten. Heute kam er mir Freude strahlend im Hof entgegen. Es sind kurze Momente, die mich mit Renata verbinden. Auch sie war heute in der Herberge. Ebenso die zufälligen Treffen mit Adrien und Antoine werde ich nicht vergessen. Ich beschrieb anderen Pilgern die Beiden. Sie wurden gesehen, aber nicht mehr zusammen. So war meine Vermutung, dass sie sich bald trennen würden, doch richtig.

Bryan wird mir länger in Erinnerung bleiben. Er hatte etwas Väterliches, was mir gut tat. Wenige gibt es, die ich in mein Herz geschlossen habe, wie Rebecca und Manuel. Rebecca traf ich leider bis jetzt nicht mehr, dafür Manuel, der etwas später als Jana und ich in derselben Herberge eintraf. Ob Asta gerade an mich dachte? Sie war es, die mir meine körperlichen Grenzen aufzeigte. Wie viele Kilometer lagen wohl schon zwischen uns?

Ich belasse es dabei, dir nur von den wichtigen Begegnungen zu schreiben. Der Abend mit Freunden ging heute schnell vorüber. Wir wollten früh zu Bett, denn es machte sich wieder das tägliche Gehen ohne mehrtägige Rast bemerkbar. Meine müden Glieder möchten geschont werden; zu Hause wieder.

Bis bald hier in meinem Refugium des Schreibens, des Innehaltens in Briefen an dich.

    Deine *Eva-Maria*

Vega de Valcarce, den 13. Mai 2005

Lieber Stefan,

langsam, halb vor mich hindösend hörte ich heute
Morgen das gleichmäßige Plätschern des anhaltenden
Regens, der auf das Dach fiel. Nein, nicht schon wieder
Regen. Immerhin hatten wir gestern Schonfrist und
Gelegenheit, unsere Sachen zu waschen und trocken in
unseren Rucksäcken zu verstauen.
Manuel traf ich auf dem Hof. Er fragte mich mit
strahlendem Lächeln: „Good morning. How are you?"
Wie konnte er nur bei diesem Wetter auch noch ein solches
Lächeln hervor zaubern, während ich froh war keinen
Spiegel bei mir zu haben, damit ich mein zerknittertes
und müdes Gesicht nicht sehen musste. Wieder dachte
ich an deine SMS am Anfang meiner Reise. Hatte ich mir
zuviel zugemutet? Nein und noch mal nein. Unmögliches
wird sofort erledigt. Wunder dauern etwas länger und
erfordern einen besonderen Aufwand. Na dann mal los,
heute wieder mit Manuel.

Es goss wie aus Kannen, als wir die Straße entlang
schritten. Plötzlich hielt neben uns ein Wagen. Der
Fahrer ließ die Fensterscheibe runter und fragte uns, ob
wir mitfahren möchten. Wie war das mit dem Wunder
gleich wieder? Wir nahmen das Angebot dankend
an, bis nach Villafranca del Bierzo mit zu fahren.
Normalerweise nahmen Spanier keine Pilger mit, denn es
war Ehrensache, den „Camino" ohne Schwindelei zu Fuß
zu gehen. Doch wer so lange unterwegs war wie wir und
nicht erst hundert Kilometer vor Santiago de Compostela
begann, sollte nicht zu streng mit sich sein.

Wir müssen zudem ein erbärmliches Bild mit unseren
regennassen Pelerinen abgegeben haben. Die Arbeiter

wollten zu einer Baustelle nach Trabadelo. Wir verstauten unsere Mochilas mit den Pilgerstöcken im Kofferraum zwischen Zementsäcken und verkrusteten Eimern und stiegen in den Kastenwagen. Manuel erzählte von dem was wir schon erlebten. Kurz vor dem Refugium in Villafranca del Bierzo ließen sie uns aussteigen.

Da trafen wir Jana und Renata wieder, die schon lange vor uns die Herberge verließen. Sie hatten die Bürde zu Fuß auf sich genommen. Wir berichteten von unserem Glück mit der unverhofften Autofahrt. Ich schämte mich nicht, denn diese nette Geste der Bauarbeiter war für mich wie ein Geschenk, das ich gerne annahm. Und lieber Bruder, wenn ich diese Schmuggelkilometer als Tara verbuche, bleibt netto auch noch genügend für dich übrig.

Wer von sich immer Hundertprozent und mehr abverlangt, mutet sich zuviel zu. Wer gibt uns das vor? Doch wir selbst am meisten. Wie viel Tara gestehst du dir zu? Zur Perfektion gehört auch die richtige Verpackung. Nimm meinen Rat an und achte auf die Gewichtung. Das Leben wird leichter, wenn man es nicht so ernst nimmt.

Die Weinhänge des Bierzo erinnerten mich an Frankreich. Tatsächlich begann hier im 11. Jahrhundert die Besiedelung von Franzosen. Alfonso VI. holte sie ebenso ins Land wie die cluniazenischen Mönche, die für das Wohl der Pilger sorgten. Villafranca del Bierzo ist die letzte Versorgungsstation vor der anstrengenden und nicht ungefährlichen Überquerung des Cebreiropasses. Deshalb nahmen wir noch ein ausgiebiges Frühstück: Jana, Renata, Manuel und ich. Dieser schöne mittelalterliche Ort wird angesichts seiner vielen Kirchen und Herbergen auch Klein-Compostela genannt.
Früher konnte man schon die Reise in Villafranca del Bierzo beenden, wenn vorauszusehen war, dass

das Weitergehen nach Santiago de Compostela einen baldigen Tod bedeutet hätte. Wer aus gesundheitlichen Gründen nicht weiter kann, bekommt auch heute noch hier die Urkunde ausgestellt, die den Weg als gegangen belegt. Der dicht besiedelte Gottesacker für Pilger neben der romanisch-gotischen Kirche Santiago spricht ebenso für sich.

Und heute? Es ist nicht unüblich, dass spanische Pilger Jahr für Jahr einen Teil des Jakobswegs gehen. Sie führen ihn beim nächsten Mal da fort, wo sie ihn beendeten, bis sie am Grab des Apostels Jakobus angelangt sind. Sie haben keine Eile damit. Wichtig ist, dass sie den Weg gehen. Niemand schreibt den Pilgern vor, in welcher Zeitspanne dies zu passieren habe.

Wir fühlten uns fit, sicherlich nicht kurz vor den Himmelstoren und zogen an der Burg des Marques de Villafranca vorbei hinunter in die Stadt: Manuel, Jana und ich. Renata blieb in Villafranca. Wir wollten weiter, zum „Camino duro", dem harten Weg! Er wurde in den Reiseführern ausführlich beschrieben als eine vorwiegend schwierige, aber auch schöne Strecke. Kurz davor ging es daran, zu entscheiden, welchen Abschnitt des Camino wir wählen sollten: Den „Camino duro", den steilen Berg, oder westlich von Villafranca entlang der N6? Beide Routen führten nach Trabadelo im Valcarcetal. Manuel fragte eine Dorfbewohnerin, die uns vom Camino duro abriet, da es seit Tagen stark geregnet hatte.

Nach einigem Hin und Her beschlossen wir, die belebte Fernstraße N6 zu nehmen. Schon nach kurzer Zeit fragte ich mich, was gefährlicher sei: Am Hang Gefahr zu laufen mit Turnschuhen auszurutschen und den Berg hinunterzurollen oder von einem der vielen rücksichtslosen LKW-Fahrer überfahren zu werden? Ich würde jedem raten, diese Strasse zu meiden. Hier machten sich Autofahrer einen Spaß daraus, äußerst knapp an uns vorbei zu fahren, damit sie beim Blick in den Rückspiegel unsere empörten Gesichter sehen konnten. Es gab keinen Fußweg. Wir waren gezwungen, auf dem Asphalt zu gehen. Manchmal sprangen wir erschrocken zur Seite. Ich wurde so wütend und fluchte wie ein Bürstenbinder, vorsichtshalber in Griechisch, damit Jana und Manuel mich nicht verstehen konnten. Sag „Manoula Mou" nichts davon.

Im Valcarcetal trafen wir ein Pilgerehepaar aus Wien, das den Camino duro gegangen war. Sie schwärmten in den höchsten Tönen davon. Ihre Mühe lohnte sich, denn nach der steilen Strecke ging es durch einen dichten Pinienwald, vorbei an einer blühenden Landschaft mit Frühlingsblumen, Ginster und Heidekraut und mit einem herrlichen Rückblick in den Talkessel von Villafranca. Sie meinten, es wäre bis jetzt die schönste Etappe gewesen. Jana war wütend, denn sie konnte mich am Morgen nicht überreden, den „Camino duro" zu wählen und alleine wollte sie nicht. Auch wenn ich es bedaure, dir nicht in meiner Klangfärbung von einem der schönsten Abschnitte schreiben zu können: meine Entscheidung war richtig.

Nach einem schmackhaften Spaghetti-Essen, das uns Manuel in der Herberge in Vega de Valcarce gekocht hatte, ging auch dieser Pilgertag zu Ende. Es werden immer weniger und die Strecke immer kürzer. Ein nicht erklärbares Gefühl beschleicht mich bei dem Gedanken.

Alles hat seine Zeit! Für mich bedeutet dies jetzt, mich in meinen Schlafsack zu verkriechen. Noch ein paar Minuten, dann heißt es Nachtruhe und das Licht wird gelöscht.

Gute Nacht mein lieber Bruder

Deine Schwester

O Cebreiro, den 14. Mai 2005

Lieber Stefan,

heute ist der vierzehnte Tag meiner neuen Zeitrechnung.

Ich wandere wieder zusammen mit Manuel. Jana wollte alleine weiter ziehen, worüber ich traurig war. Nach Vega de Valcarce, wo Manuel und ich noch einige Kilometer dem alten Straßenverlauf folgten, kamen wir bei diesigem Wetter nach La Faba. Vor einem alten Steinhaus mit vielerlei orientalischen Ornamenten stand auf dem Boden ein Schild: „Masaje Oriental con infusiones!" Sind das geschäftstüchtige Dorfbewohner oder wohnte eine Schamanin darin? Das Haus war umgeben von einer energiegeladenen positiven Aura, wie ich sie in Manjarin fühlte. Wir waren schon spät dran und zogen es vor, in dem kleinen verschlafenen Ort, der nicht mehr als eine Handvoll Häuser zählte, nur zu frühstücken. Wir wussten auch um den gefürchteten Aufstieg zum Pass Alto di Poio, der bei Regen auf gepflasterten Steinen noch ermüdender war. Schnell fanden wir das Dorfcafè und sahen alte bekannte Pilger wieder, „Café con leche et Margerita, por favor." Dies ist mittlerweile mein Standardsatz am Morgen. Manuel sprach erstmals von seinem Sohn, den er über alles liebt. Nur zögerlich erzählte er von den Schwierigkeiten mit seiner Frau. Suchte er hier Klarheit über sein künftiges Leben zu bekommen? Ich wollte mehr wissen, aber für tiefgründige Gespräche reichen meine Spanischkenntnisse noch nicht aus und Englisch ist für Manuel schwierig. Im Grunde bedarf es auch keiner langen Erklärung. Sein melancholischer Blick verriet schon viel.

Wir wanderten entlang an Kastanienbäumen und Eichen, die von wuchtigen Zungenfarnbüschen umschlossen wurden. Vor Laguna de Castilla, dem letzten Dorf im Bezirk León, sahen wir saftige Wiesenhänge und Hügel mit blühendem Heidekraut und Forsythiensträuchern. Nach dem Dorf überschritten wir die imaginäre Grenze nach Galicien. Ab hier werden auf jedem Meilenstein die noch verbleibenden Kilometer bis nach Santiago angegeben. Die grauen verwitterten Marksteine zeigten uns an, dass das Klima rauer und kälter würde. In Villafranca del Bierzo waren wir in 500 Metern Höhe und unser heutiges Ziel O Cebreiro lag in 1333 Metern.

O Cebreiro erreichten wir am späten Nachmittag. Dieses Bergdorf war mittelalterlich geprägt und ganz nach meinem Geschmack. Es bewahrte sich bis heute die berühmten Pallozas. Die Rundhäuser, manchmal ellipsenförmig, wurden aus Naturstein mit tief herunter gezogen Reet gedeckten Dächern gebaut. Man sieht sie noch ab und zu in Galicien. In keltischer Zeit waren dort Mensch und Tier unter einem Dach untergebracht, was zwei separate Eingänge belegten.
Wir betraten die einzige Kirche im Dorf. Sanfte Choräle gaben mir das Gefühl von Geborgenheit. Ich setzte mich und betete. Auf der Bank bemerkte ich ein Blatt, nahm es in die Hand und fing zu lesen an:

„Das Blutwunder!
Es begab sich, dass ein Bauer aus einem entlegenen Dorf im Tal die Kirche betrat. Er war der einzige Besucher im Gotteshaus. Ein Mönch aus Aurillac trat vor den Altar und las das Evangelium. Der Mönch kannte den Bauern und war verwundert darüber, dass er bei diesem widrigen Wetter den beschwerlichen Weg auf sich nahm, um der Messe beizuwohnen. Der Priester zelebrierte die Eucharistiefeier. Plötzlich verwandelte sich die Hostie in Fleisch und der Wein in Blut. Der Mönch war verblüfft, nicht so der Bauer, der einem Traum folgend in die Kirche kam."

Seither ist O Cebreiro bekannt für sein Blutwunder. Noch heute ziert ein galicischer Gral das Wappen von Lugo und der Region Galicien. Unvorstellbar, nicht wahr? Es gibt hier so viele Legenden wie Kirchen. Da kann man einen Zusammenhang nicht abstreiten. Jede Erzählung wird von einer wahren Begebenheit genährt, einer Situation im Leben, die ungewöhnlich, fast unglaublich ist. Es gibt keine Wunder ohne die Hoffnung daran. Glaubst du nicht auch daran? Was wäre geschehen, wenn unsere Familie nicht diese Zuversicht gehabt hätte, dass alles gut ginge?

So schön die feierliche Stimmung in der Kirche war, es befiel mich zugleich Schwermut. Wie mag es euch zu Hause ergehen? Ich denke oft an euch. Vor allem an dich. Bin ich alleine, spreche ich laut mit dir. Und mit Manuel kommt es mir vor, als wäre er an deiner Stelle neben mir.

Ein Familienband wie wir es haben, ist selten geworden. Es hat uns deine Krankheit noch näher zusammen geführt.

Nur mit Mühe konnte ich heute die Tränen unter drücken, als Jana Adieu sagte. Dabei dachte ich, meine Lektion schon gelernt zu haben. Die natürlichste Sache der Welt bereitet mir Probleme: Abschied zu nehmen. Warum fällt es mir so schwer? Es beschleicht mich der Gedanke, dass diese Menschen nur Stellvertreter sind. Ich denke, die Furcht ist tiefer begründet. Ich habe Angst, dich zu verlieren. Damit werde ich wohl leben müssen.

Umarme alle von mir und sage ihnen, dass ich sie vermisse – wie dich.

Deine *Eva-Maria*

Lieber Stefan,

vor Jahren fuhr ich mit dem Auto auf der Landstraße nach Altötting. Ich sah eine Gruppe Menschen am Straßenrand gehen. Ganz langsam fuhr ich an ihnen vorbei. In ihren gefalteten Händen hielten sie Rosenkränze fest. Ich hörte sie im Chor beten. „Aha, das waren also Pilger auf dem Weg zum berühmtesten Wallfahrtsort in Bayern", dachte ich damals und fragte mich, warum man pilgerte. Hatten diese Menschen mehr abzubüßen? Was versprachen sie sich davon? Erhofften sie sich einen besseren Platz im Himmel? Damals lebten wir noch unbeschwert. Es ging uns gut und wir sahen keinen Grund, über das Sein und Nichtsein im Leben tief gehend nachzudenken. Das änderte sich schlagartig, als du krank wurdest.

Heute sitze ich in der Bar Posada am Pass Alto di Poio in 1333 Metern Höhe auf dem Weg nach Santiago de Compostela. Ich wurde selbst Pilgerin. Durch dich, weil für dich! Einen besseren Platz im Himmel strebe ich nicht an, vielmehr, dass du weiterhin ohne Sorgen durchs Leben gehen kannst. So schnell wendet sich das Blatt des eigenen Lebensbuches.
Ich habe den Briefblock auf meinem Schoß. Wundere dich nicht über meine Schrift, denn meine Finger sind noch klamm von der Kälte des Morgens. Ich halte gerade meine Füße vor das knisternde Feuer im Kamin, das eine wohlige Wärme im ganzen Raum verbreitet. Die Bar ist voll. Viele Pilger schütteln die Kälte ab und frühstücken. Gerade reicht mir Manuel einen heißen Kaffee mit Milch – Café con leche. Der Wind bläst durch die Fensterritzen. Mit Sorge sehe ich Pferdepilger vorbeireiten. Ich fürchte, dass wir im aufgeweichten Boden durch Hufe entstandene Pfützen überwinden müssen. Die vom

Feuer gewärmten Socken kühlen schnell wieder ab, als ich in meine feuchten Turnschuhe schlüpfe. Und es geht weiter.

Bis später ...

Wieder weiter wandernd, kam es, wie ich befürchtete: im feuchten Lehmboden waren vom Regen aufgefüllte Abdrücke der Pferdehufe, unsere Schuhe quietschten vor Nässe. In windstilleren Minuten klebte mein Cape am Körper, als wollte es sich daran festklammern.

Ich lenkte mich ab mit Erinnerungen an nette Episoden, die ich bis jetzt erlebte. Ich dachte an Adrien und Antoine. Ich würde sie gerne wieder treffen. Beim letzten Mal stritten sie heftig. Das war nicht immer so. Ich dachte an ein nebensächliches Ereignis in der Herberge Reliegos.

Da sah ich Antoine und Adrien Seite an Seite ihre Kleidung reinigen. Schweigend wuschen sie synchron ihre verstaubte Wäsche. Was war daran so eigentümlich? Es war das in Eintracht gemeinsame Verrichten einer einfachen Tätigkeit. Das hatte für mich etwas Pastorales und passte so gar nicht zu ihrer Erscheinung. Ihre Schlafsäcke und Isomatten sahen schon etwas mitgenommen aus. Ihre Sandalen konnten aus dem vorigen Jahrhundert stammen. Hatten sie noch genug Geld für die Übernachtung in Herbergen?
Adrien erzählte mir, dass sie sich öfter an Brunnen und Bächen wuschen, wenn sie im Freien übernachteten. Ihre Kleidung trugen sie mehrere Tage. Als ich dabei die Nase rümpfte, lachte er und meinte, das wäre Chanel Peregrino. Mittlerweile verstehe ich ihn: Lieber ein trockenes Wendehöschen tragen als von einem feuchten sauberen eine verschnupfte Blase zu bekommen!

Vielleicht erging es den beiden heute wie uns. Ein ganz üblicher Pilgertag also. Nicht mehr und nicht weniger.

Liebe Grüße

      Deine *Eva-Maria*

Lieber Stefan,

es raschelte. Irgendwo im Raum. Ich war gerade dabei, meinen Traum einzufangen, doch ich wurde gestört durch das ungewohnte Geräusch fleißiger Hände, die leise versuchten, Tüten zu öffnen, in denen sich der Proviant für den aufgehenden Tag befand. Da dämmerte es mir!
O nein, ich war nicht in meinem flauschigen Daunenbett. Ich lag noch eingehüllt in meinen Schlafsack auf der durchgelegenen Liege in einer Herberge in Spanien, war auf meinem Weg. Ich hörte flüsterndes Stimmengewirr, das mich wachrief und meinen Schlaf jäh beendete. Wie viele Menschen vor mir schlummerten wohl schon auf der blanken Matratze, die nicht gerade einladend wirkte. Ich wollte gar nicht daran denken, welche Bettnachbarn ich in dieser Nacht gehabt hatte. Milben, womöglich Läuse, die sich schon am Vorabend Lätzchen umbanden und sich an meinem Nachtschweiß labten. Ich bin immun gegen solche Attacken. Ich weiß ja, wofür ich all das tu.

Ich öffnete meine Augen und nahm den Schlafsaal wahr. Ein neuer Tag kam aus der Nacht gekrochen. Was wird er wohl bringen? Ich sah die Umrisse wölbender Körper. Sie wirkten noch schlaftrunken und vollzogen besonnen ihr Tagwerk, das früher oder später jeder Pilger hier verrichtete. Sollte ich noch warten, noch dem wohlig warmen Gefühl nachgeben? Ich dehnte langsam meine tauben Glieder und schlüpfte aus meiner Hülle. Die Nacht war unruhig, denn schnarchende Mitbewohner vergällten, nicht nur mir, die notwendige Ruhe. Egal! Es war Zeit, sich herzurichten.
Ich hatte Glück, denn ich fand ein freies Waschbecken. Habituell putzte ich meine Zähne und nahm eine erfrischende Dusche, die mit ihrem kalten Wasserstrahl

den Rest meiner Müdigkeit fortspülte. Ich trocknete meinen Körper mit dem vom Vortag noch klammen Handtuch. Doch das kümmerte mich nicht. Die Schlafstatt so zu verlassen wie man sie vorfindet, war eine Pflicht, der ich gerne nachkam. Der nächste Pilger sollte sich so gut wie nur möglich darin wohl fühlen.

So rollte ich meinen Schlafsack zusammen, schichtete mein Hab und Gut, bis auf die Sachen für heute, in den Rucksack. Ich zog mich an, salbte meine Füße mit Talg, verband sie und wollte gerade meine Schuhe anziehen. Da drückte mir eine Spanierin zwei Damenbinden in die Hand. Verdutzt sah ich sie an. Sie deutete auf meine Schuhe. Da begriff ich, dass ich diese als Sohle verwenden sollte. Sie meinte überzeugt, dass sie wie auf Butter liefe, seit sie diese als Schuheinlage verwendete. Ich machte es ihr nach. Meine Füße waren eingebettet in eine zwei Zentimeter dicke Polsterung, die normalerweise einen anderen Zweck erfüllen sollte. Ich bedankte mich und umarmte sie herzlich.

Später war ich froh über die Reserve, die sie mir noch mitgegeben hatte, denn ich fühlte immer schmerzhafter den Gurt meines Rucksacks an meinen Beckenknochen. Ich hatte schon gar nicht mehr gewusst, wie sie aussehen, denn normalerweise werden sie von einer gewölbten, wenn auch straffen Fettschicht geschützt. Nun brannten sie, wenn der Gurt länger an ihnen rieb. Kurzerhand klebte ich die wattierten Füllungen an die Hose zum Schutz meines angeschlagenen Stützwerks. Danach ging alles besser.

Manchmal dachte ich an Manuel, der am Morgen früher losgegangen war als ich. Sein Bein war einigermaßen in Ordnung, und dies musste er nutzen. Ich wünschte ihm „Buen Camino" und ließ ihn wieder einmal weiter ziehen.

Mein heutiges Wanderpensum von fünfundzwanzig Kilometern schaffte ich mühelos. Barbadelos, Rente, Brea,

Ferreiros, As Rozas, Vilachá, Portomarin und Gonzar waren meine Ziele. Spanische Dörfer, ähnlich und doch unterschiedlich, die mich begrüßten oder manchmal abweisend erschienen.

Am frühen Abend bezog ich Quartier in Gonzar, das noch vom Glanz des einstigen Besuches unseres vorvorherigen Bundeskanzlers lebt, einmal von unserer Bundeskanzlerin abgesehen. Wenig blieb davon übrig.
Ich empfand diesen Weiler samt Refugium nur als trostlos. Mittlerweile stelle ich zwischen städtisch und privat geführten Herbergen klare Unterschiede fest. Es fehlt den Kommunen wohl das Geld und die Verwalter sind für die Unterkünfte auf Spenden angewiesen. Generell waren bis jetzt die privaten Refugien gepflegter und gut renoviert.
Diese hier hatte zwei Duschen und eine Toilette für zweiundzwanzig Reisende. Der Herbergsvater war zugleich Wirt der einzigen Kneipe im Ort, deren Küche anscheinend nur Bocadillas hergab. Seine rauen und großen Hände, die mir das belegte Brot reichten, verdarben mir eher den Appetit. Ich sah in meiner Fantasie diese Hände kurz zuvor einen Kuhstall ausmisten und danach Brote schmieren. Ich war nicht lange in der Gastwirtschaft, sondern ging direkt zurück in die Herberge, die nur fünf Meter davon entfernt war. Im Pilgerbuch suchte ich Manuels Eintrag, fand aber keinen.

Müde vom Tag wollte ich gerade in den Schlafsaal. Da kam ein Pilger auf mich zu und sprach mich in Spanisch an: „Hallo, ich bin Ruben. Mein Freund Raffael und ich kochen Spaghetti und wollen alle Pilger in der Alburge einladen. Hast du Lust?" „Claro!" Bei Spaghetti kann ich nun wirklich nicht nein sagen, wie du weißt. Die geräumige Essgruppe lud zum Bleiben ein. Immer mehr folgten dem guten Geruch. Die Beiden kochten einen Riesentopf Spaghetti, der am Ende gerade reichte. Die Sauce war ein schmackhaftes Allerlei von Zwiebeln, Oliven, Thunfisch und Erbsen.

Ich saß neben Ruben. Seine Augen strahlten. Er erzählte beim Essen von Susanna, einer Kunststudentin aus Berlin, die er auf dem Weg kennen gelernt hatte. Nur, sie hatten sich aus den Augen verloren. „Warum seid ihr nicht zusammengeblieben?", fragte ich Ruben in seiner Landessprache. Er meinte: „Wir werden uns finden, wenn es sein soll."

Also, ich hatte meine Zweifel und würde es nicht dem Zufall überlassen, wenn mir so viel an einem Menschen liegt. Ruben hatte keine Eile und offensichtlich Gottvertrauen.

Raffael sprach Englisch. Für das Essen wollte ich ihm Geld geben, da ich selbst keine Lebensmittel hatte, um sie beizusteuern. Er lehnte ab, sagte: „Gib beim nächsten Mal einem anderen Pilger etwas, wenn er in Not ist." Als wir zu acht um den langen Holztisch saßen, hatten wir ein herrliches Sprachenpotpourri aus Englisch, Italienisch und Spanisch. Marta fragte mich in Spanisch, welche Landsmännin ich denn wäre. „Ich bin Deutsche!" „Ach, wie schön. Ich spreche Deutsch!", Marta erzählte mir, dass sie Übersetzerin für Deutsch und Englisch sei. Sie lebt auf Mallorca und ginge den Jakobsweg, um zu sich zu finden, vielleicht dadurch ihrem Leben eine neue Richtung zu geben. Ihre herzliche Art erwärmte mein Gemüt. Es waren angenehme Stunden im Kreise dieser ausgeglichenen und lachenden Pilger, wenngleich ich nicht alles verstand. Doch auch ein schöner Abend hat ein Ende.

In diesem Sinne: Gute Nacht, lieber Bruder.

Deine Schwester

Melide, den 18. Mai 2005

Lieber Bruder,

heute Morgen hüllte wieder der Nebel die Landschaft ein. Es war eine hügelige Waldgegend mit manch einsam wirkenden Passagen. Die Sonnenstrahlen mühten sich, durch das Dickicht zu dringen. Sie beschienen die Nebelschwaden und verliehen ihnen einen geheimnisvollen Schimmer. Es fiel mir Ruben ein, der gestern ein unverkennbares Leuchten in seinen Augen hatte, als er von Susanna sprach. Sie verloren sich gleich wieder, bevor sie sich richtig kennen lernen konnten. Womöglich erfassten sie erst später, was sie für einander empfanden. Vielleicht trennten sie nur ein paar Kilometer. Das dürfte doch wohl kein Problem sein, denkst du. Es ist hier anders. Mit Rucksack und je nach Schwierigkeitsgrad des Camino ist der Tagesrhythmus vorgegeben. Es ist wichtig, der eigenen Gangart zu folgen und zu vertrauen. Tust du das auch in dem Maße, wie du es brauchst? Denk mehr an dich und nicht so viel an andere. Du bist es, der jetzt die Hilfe anderer braucht. Nimm sie!

Ich war abwesend, vergaß dabei, auf den Weg zu blicken und war mir nicht mehr sicher, ob ich auf dem richtigen war. Ich überwand einen langen Anstieg auf Asphalt, bis ich wieder das untrügliche blaue Verkehrsschild mit einem Strichmännchen nebst Pilgerstab fand, der mich zu einem gut befestigten Pfad führte. Die Strecke bot heute Teer, Erdwege und Trampelpfade. Forsythiensträucher, Heidekraut wechselten sich ab mit Eichen- und Kiefernwäldern. Dann stieg mir ein besonderer Duft in die Nase. Ich sah Eukalyptusbäume so weit ich blicken konnte. Vereinzelte Dörfer wirkten mit ihren Natursteinhäusern traulich auf mich. Auf die granulierte Strecke war etwas geschrieben. Als ich näher kam, las ich plötzlich: „Eva animo!", das bedeutet: „Eva, geh weiter." Dann war nach einigen Metern wieder etwas mit einem Ast gekritzelt: „Eva: I passed 9.45". Am Ende der Straße war noch eine weitere Nachricht für mich: „See you in Melide." Es war Manuels Handschrift.

Ein uriger Weg aus Steinplatten führte mich in den Ort Palas de Rei. Von da an begann die Tiefebene Galiciens. Bei Kaiserwetter ging ich durch das kleine Städtchen. Ich suchte auf meiner von Manuel kopierten Reiseroute die beschriebene markante Gasse, die mich im Zickzack-Kurs von der stark befahrenen Fernstraße weglotsen sollte. Dann traute ich meinen Augen nicht. Da stand Manuel mit einer großen Tüte in der Hand, in der sich alles für ein Pilgermahl befand. Welche Freude! Hattest du ihn mir geschickt?

Wir erzählten uns, was wir bis jetzt erlebten. Es kam auch Ruben zur Sprache. Manuel zeigte mir einen Stein von Ruben, den er Susanna geben sollte. Weißt du, hier gibt es andere Kommunikationsmittel als das Handy: Es können Nachrichten auf granulierten Pfaden sein, eine Botschaft durch einen Pilger überbracht, oder einfach nur ein Stein, der übergeben wird. Sie sind Zeichen, dass sich der eine um den anderen sorgt. Wir beide wissen, was das bedeutet.

Wir wanderten durch satte grüne Täler, überquerten kleine Bäche auf wackeligen Stegen und alten Brücken. Wir stapften auf einem abschüssigen Pfad mit Steinen, an denen das Wasser herab floss. Flatternde Schatten der Eichenbäume auf dem Fußweg gaben dieser Landschaft eine malerische Stimmung. Es war bis jetzt einer der schönsten Abschnitte.

Am frühen Abend kamen wir in Melide in der Stadtherberge an. Wir sahen uns um. In der Küche bereiteten Pilger ihr Abendessen, die uns freundlich begrüßten.

Da kam die nächste Überraschung. Susanna war da. Das also war Rubens Engel. Ich erzählte ihr von ihm und gab Manuel zu verstehen, dass er nun Rubens Geschenk übergeben könnte. Susanna ist eine bezaubernde Frau mit dichten blonden Locken. „Ruben ist bestimmt nicht weit von dir entfernt. Warte doch auf ihn. Er würde sich sehr darüber freuen", ermunterte ich sie zum Bleiben. Susanna muss jedoch morgen weiter. Ihr straffer Zeitplan lässt es nicht zu, länger zu bleiben. Nun, dann sollte es wohl nicht sein.

Auch Marta traf ich wieder; sie wollte in derselben Herberge übernachten. Immer mehr Spanier gesellten sich zu uns. Zum Schluss waren wir acht Pilger, sieben spanische und eine deutsche, die einen Bärenhunger hatten und essen gehen wollten. Wir aßen gemeinsam zu Abend in einer Pulperia in der Innenstadt. Es war wie ein Familientreffen. Wie gerne hätte ich dich bei mir gehabt.

Liebe Grüße

Deine *Eva-Maria*

Auf dem Weg nach Pedrouzo, den 19. Mai 2005

Lieber Bruder,

gestern Nacht konnte ich nicht schlafen. Zu viele schnarchende Mitbewohner stahlen mir die Nachtruhe, die ich so dringend brauchte. Während ich unfreiwillig dem rhythmischen Geräuschkonzert lauschte, brach ich plötzlich in Panik aus. Wie ein Blitz schoss es mir durch den Kopf: Was wäre, wenn sich wieder ein Tumor bei dir bildete? Womöglich gerade jetzt, wo ich hier bin? Würdest du es mir rechtzeitig sagen? Wie oft am Tag denkst du darüber nach, wie dein Leben in der Zukunft sein wird? Ich frage mich, wie du mit dieser stets präsenten Möglichkeit lebst, wieder daran zu erkranken? Ist es der erste Gedanke nach dem Aufwachen und der letzte vor dem Schlafen? Es wirkt wie ein Damoklesschwert, das stets über dir schwebt. Bis heute ging es gut. Aber, was wird morgen sein?

Das Kopfteil meines Schlafsacks ist noch feucht von meinen Tränen, derer ich mich nicht schäme. Ich bin überzeugt, dass alles gut gehen wird und die große Narbe an deinem Kopf die einzige bleibt. Doch werden wohl Optimismus und Sorge in der Zukunft unsere Gedanken bestimmen.
Nicht mehr lange, dann bin ich am Ziel. Ich habe mein Versprechen fast eingelöst. Dann heißt es, Danke zu sagen. Ich werde dies in der Kathedrale von Santiago de Compostela mit dem Gedicht tun, das ich in dieser schlaflosen Nacht schrieb.

Bald bin ich wieder bei Euch.

Einen lieben Pilgergruß

Deine Schwester

Santiago de Compostela, den 20. Mai 2005

Lieber Stefan,

ich freute mich heute auf das Ziel, das Grab des Apostels Jakobus in der Kathedrale in Santiago de Compostela. Trotzdem fielen mir die letzten Schritte schwer, als ob ich die noch verbleibenden Stunden auf dem Weg besonders bewusst erleben wollte.

Nur noch wenige Kilometer, und was dann? Nun spürte ich den nahenden Abschied von dieser mir vertraut gewordenen Welt. Ach, jetzt, da ich mich eingelaufen hatte, könnte es immer so weiter gehen!

Dieses Gefühl, dass ich so satt und geerdet in mir spüre, trug mich meist auf dem Pilgerweg. Es hat mir meine innere Ausgeglichenheit gegeben und ich hatte Energien freigesetzt, die auch anderen Suchenden nicht unbemerkt blieben. Vielleicht ist es das, was Marta, meine Mallorquini, damit sagen wollte: „Eva, du bist auf dem Jakobsweg berühmt." Ich sagte: „Ja, natürlich, meine Füße machen von sich reden!" Sie antwortete mit einer Metapher: „Nein, nicht deshalb. Du bist ein Herz mit Armen und Beinen!" Ich musste lachen, da ich mir in diesem Moment ein Herz mit Armen und Beinen bildhaft vorstellte. Und doch spürte ich, dass sich in mir eine wundersame Wandlung vollzog, die ich selbst so sehr genoss.

Sollte das nun bald vorbei sein?

Nun lieber Stefan, es kamen mir heute zum ersten Mal Bedenken, ich könnte dieses Gefühl nicht mit hinüber retten. Was wird passieren mit dem Herz aus Armen und Beinen? Was ist, wenn der Alltag einzieht und die

Erinnerungen der letzten Wochen wie ein altes Bild verblassen? Ich ging noch langsamer, um mich an die Realität zu gewöhnen. Der Realität, dass eine meiner schönsten, wenn auch nicht leichten Etappen im Leben, nun zu Ende ging.

Es nieselte. Ich war wieder mit meinem Cape verschnürt wie ein Paket. In diesem Aufzug war ich wirklich nicht zu übersehen und unschwer als Pilgerin auszumachen. Ich und ungeschminkt, das war unvorstellbar. Du hast recht – gewöhnungsbedürftig. Seit fast fünfundzwanzig Jahren ist das Schminkset ein wichtiges Utensil in meiner Handtasche. Doch schon bald wird es sich ändern und dann maskiere ich mich wieder.

Kurz vor Santiago de Compostela kam ein Berg mit Namen Monte del Gozo. Es ist die letzte Erhebung vor der Stadt. „Berg der Freude" wird er deshalb genannt, weil man von hier aus bei schönem Wetter die Türme der Kathedrale von Santiago betrachten kann. Ich erspähte zwei Männer am Ende des Hügels. Von weitem sah es so aus, als würden sie fotografieren, denn ich machte ein Stativ aus. Ich fragte mich, was man bei diesem Wetter Interessantes ablichten konnte. Als ich näher kam, wurde ich von den Beiden begrüßt: „Buenos días, Eva!" „Woher kennt ihr meinen Namen?", fragte ich in Spanisch. „Du bist bekannt auf dem Weg!", erwiderte einer der Beiden. Ja, wahrscheinlich durch meine Armee an Blasen. Nun sah ich, dass auf dem Stativ eine Videokamera befestigt war. Sie waren vom Lokalfernsehen Santiago de Compostela und befragten Pilger über ihre Erlebnisse auf dem Jakobsweg. „Möchtest du uns deine Eindrücke schildern?", wurde ich gefragt. „Ich versuche es." Die Beiden schmunzelten und meinten, solange ich ihre Fragen verstünde wären sie zuversichtlich, dass ich sie beantworten könnte. Claro!

Dann ging die rote Aufnahmelampe der Kamera an und mein Jakobsweg lief wie ein Kurzfilm vor meinen Augen ab. Ich erzählte von den unterschiedlichen Landschaftsbildern, den schlammigen Böden, der menschenleeren Hochebene und den blühenden Gärten. Viele freundliche Menschen traf ich, die immer wieder mit Rat und Tat zur Seite standen. Keine Türe blieb mir verschlossen. Als die Frage kam: „Warum bist du den Jakobsweg gegangen?", füllten sich meine Augen rasch mit Tränen und mit erstickter Stimme stammelte ich: „Es una promesa". „Es ist ein Versprechen." Sie waren überrascht darüber, denn die meisten Pilger machten sich auf, um zu einer neuen Erkenntnis zu gelangen, oder Gott wieder stärker in ihr Leben einzubinden, aber die wenigsten taten es für einen anderen Menschen. Wenn sie wüssten, wie sehr wir schon um dich gebangt haben, wie viele ruhelose Nächte wir hinter uns hatten.

Ich war froh, als das Interview vorbei war, denn ich konnte meine Tränen nicht mehr zurück halten. Immer wenn ich darüber spreche, wird mir schwer ums Herz. Es wird wohl noch einige Zeit dauern, bis die Angst vor einer neuen Hiobsbotschaft der natürlichen Zuversicht weicht. Aber, wem schreibe ich das.

Dann war ich angekommen in Santiago de Compostela. Ich konnte es noch gar nicht fassen. An der Porta de Camino zur Altstadt traf ich meine spanischen Freunde vom Weg wieder. Auf der Plaza Immaculada sahen wir dann den Ort der Bestimmung. Hierhin pilgerten seit über einem Jahrtausend Menschen, und wir standen davor.
Wir umarmten uns und weinten vor Freude, vor Erschöpfung oder einfach, weil wir es geschafft hatten. All die Strapazen, alle Bedenken und Sorgen fielen von

uns ab. Wir tanzten auf dem Platz und vergaßen alles um uns herum. Es war einfach nur schön, hier zu sein.

Dann betraten wir gemeinsam die Kathedrale, in der die Gebeine des heiligen Jakobus ruhen. Ich nahm Platz und betete zu Gott:

Dank Dir o Herr,

Wärst Du nicht, könnt ich an nichts glauben
Das Schicksal würde oft mir rauben
Meiner Sinne Kraft und Mut
Der Glaube an Dich tut mir gut

Den Jakobsweg ich Dir versprochen
Hast das Deine auch nicht gebrochen
Viele Gesichter hat der Weg
Er zeigt sie nur dem, der ihn geht

Keine Saga kann dies wiedergeben
Man müsste dies schon selbst erleben

Viel helfend Hände
Geführt von Dir
Trugen auf dem Weg mich
Sei Dank Dir dafür

Sollt jemand mich begleiten
Stunden ohne Sorge mir bereiten
Dann stand er sogleich neben mir
Sei Dank Dir dafür

Hatte Kraft ich allein zum Marschieren
Ließest Du die Angst mich verlieren
Du hattest stets das richtige Gespür
Sei Dank Dir dafür

Verzeih mir meine Ungeduld
Verzeih, dass manchmal ich die Schuld
Dir zugeteilt in banger Zeit
Von der wir hoffentlich befreit

Der Zweifel nah ist bei der Not
Und wenn Gefühle aus dem Lot
Einmal erst gekommen sind
Ist man für vieles nur noch blind

So bitt ich Dich von ganzem Herzen
Verschon uns künftig vor den Schmerzen
Die wir sehr lange schon getragen
Lass uns den neuen Anfang wagen

Es vergingen Minuten, in denen ich nichts um mich
herum wahrnahm. Dann riss ich mich los von meinen
inneren Bildern.
Langsam ging ich durch die Kirche. Ich zitterte am
ganzen Körper. Fremde Pilger nahmen mich in den Arm,
strichen mir beruhigend über den Kopf und trockneten
ihre Tränen an meiner Jacke. Nachdem ich mich von den
tröstenden Berührungen löste, nahm ich erst die sinnliche
Schönheit dieses Gotteshauses wahr.

Die Kathedrale von Santiago de Compostela übertrifft
alles, was ich bis jetzt gesehen hatte. Sie ist malerisch
schön, ungeheuer in ihren Ausmaßen, reich an biblischen
Geschichten und lebensgroßen Figuren. Jede Kunstform
von Romanik bis Barock fügt sich harmonisch ein. Kein
Zweifel: sie wurde für die Ewigkeit gebaut und trägt dies
erhaben zur Schau. Sie kann das, sie darf das, denn sie
bewahrte sich trotz des vortrefflichen Gigantismus eine
unsagbar wohltuende Aura, die jeden Pilger berührt,
weil er sie mit prägt. Mit kindlich staunenden Augen und

halb offenem Mund wandelte ich durch das Gotteshaus. Manuel schob mich zurück in Richtung Vorhalle. Ich vergaß beim Betreten der Kirche meinen Kniefall am Mittelpfeiler des Hauptportals, vor der Wurzel Jesses. Mit meinen Fingern griff ich in die Wurzel und glaubte die Millionen Hände zu spüren, die dies vor mir schon taten. Ich sog das sakrale Fluidum langsam tief ein und atmete andachtsvoll wieder aus. Ich war angekommen in Santiago de Compostela, bei dir und – bei mir.

Wir reihten uns ein in die endlos wirkende Schlange an Pilgern, die dem Apostel Jakobus ganz nah sein wollten. Ich umarmte die Statue von Jakobus dem Älteren, sagte auch ihm Dank, dass ich unversehrt den Weg zu ihm gehen durfte. Ein Augenblick, den ich nie vergessen werde.

Später warteten wir auf den Beginn der Messe, der wir feierlich beiwohnten. Ich sah immer mehr mittlerweile vertraute Gesichter und fand mich in innigen Umarmungen wieder, die keiner Worte bedurften. Dann tippte mir jemand auf die Schulter. Es war Ruben mit seiner Freundin Susanna. Sie hatten sich gefunden.

Ich bin etwas überfordert, ob der vielen Eindrücke und werde dafür Zeit brauchen, um all das zu verarbeiten.

Am Nachmittag ging ich in die Rúa do Vilar und betrat feierlich das schöne barocke Casa del Deàn, in dem sich das Pilgerbüro befindet. Es waren schon viele Pilger vor mir. Einige stützten sich auf ihren Pilgerstab. Ein Gemisch aus kühler modriger Luft, das von den historischen und meterdicken Wänden ausging war gepaart mit dem Schweiß der müde aussehenden Ankömmlinge, die jedoch zufrieden mit sich und der Welt schienen. Es war geschafft.

Dann hielt ich sie in Händen, die Urkunde, die jeder Pilger bekommt, wenn er mindestens hundert Kilometer zu Fuß oder zweihundert mit dem Fahrrad zum Grab des Apostels Jakobus in Santiago de Compostela zurücklegte. Die Credencial de Peregrino!
Ich steckte sie vorsichtig in eine Papprolle, um sie heil nach Hause zu bringen.

Heute war auch noch die Verabredung mit Asta. Erinnerst du dich noch an Astas kleinen karierten Zettel, der mir durch andere Pilger vermittelt wurde. Datum, Uhrzeit, Ort! Ich wusste intuitiv, ich würde sie früher als angegeben treffen. Glaube es mir oder nicht, ich war nicht überrascht, als ich Asta am Brunnen unweit vom Pilgerbüro traf. Ich freute mich, sie wieder zu sehen. Das, was wir zusammen in Fromista packten, holten wir hier in einem überfüllten Postamt wieder heraus. Verwundert war ich darüber, dass sie lediglich einen Tag früher als ich in Santiago ankam. Eile lohnt sich in den seltensten Fällen.

Das gemeinsame Abendessen mit meinen spanischen Freunden war ein schöner Abschluss. Sie verstanden es dem Weg viele fröhliche Momente abzugewinnen.
Manuel drückte mir zum Abschied noch einen seiner mir wohl bekannten kleinen karierten Zettel in die Hand:

„Go to Finisterre!"

Ja, das ist meine letzte Etappe auf dem Weg, die ich vorhabe mein lieber Bruder.

Deine *Eva-Maria*

Cabo Finisterre, den 22. Mai 2005

Lieber Stefan,

es ist soweit.

Nun bin ich unterwegs zur letzten Station meiner Reise. Über fünfhundert Kilometer ging ich zum Grab des Apostels Jakobus in Santiago de Compostela. Sie liegen hinter mir.

Noch weitere neunzig Kilometer wollte ich meinen noch wunden Füßen nicht mehr zumuten. Ich sitze im Linienbus zum „Cabo Finisterre", das für die Kelten vor 2500 Jahren das „Ende der Erde" bedeutete. Es ist der westlichste Teil der iberischen Halbinsel. Ich entdecke wenige Pilger, die sich durch ihre Wanderkleidung deutlich von den einheimischen Fahrgästen unterscheiden. Wir werden wohl einige Stunden Fahrt benötigen, denn der Bus hält beinahe an jeder Milchkanne. Seit wir losgefahren sind, ist es neblig, und ich kann nur schemenhaft die dicht bewaldete Landschaft erkennen.

Am Kap soll man sich von Altem trennen und Platz schaffen für Neues. Hier werde ich für dich ein wichtiges Ritual vollziehen.

Wir sind im kleinen geschäftigen Hafen von Finisterre angelangt. Von hier ist es noch eine halbe Stunde Fußweg bis zum äußersten Ende des Kaps – ein Leuchtturm weist mir die Richtung.

Und nun, mein lieber Bruder, stehe ich am legendären „Ende der Erde". Ein azurfarbener Himmel über mir und der Atlantik in seinem schönsten tiefen Blau vor mir geben mir das Gefühl, eins mit der Natur zu sein. Meine Gedanken sind ganz bei dir.

Neben dem Kreuz, das zu Ehren des heiligen Jakobus errichtet wurde, steht er, der Stein für die Zeremonie. Hier mögen dein Kummer und deine Angst in Schall und Rauch aufgehen.

Ich lege meine von tagelangem Gehen verschwitzten verkrusteten Socken auf den Quader und zünde sie an. Der Wind trägt die dunklen Rauchschwaden hinaus aufs offene Meer. Fort damit, fort mit den sorgenvollen Jahren.

Ich sehe eine Frau auf einem Felsvorsprung hocken. Sie trägt eine graue Hose und ein Indigo-Hemd. Das Haar verhüllt sie mit einem Tuch aus grobem Linnen. Auch sie ist angekommen.
In ihren Händen hält sie eine Jakobsmuschel – ihre Jakobsmuschel, den Blick am endlosen Horizont des Meeres haftend.

Das sind die letzten Zeilen vom Jakobsweg an dich. Dein unerschütterlicher Optimismus und deine innere Stärke mögen auch anderen Menschen viel Kraft auf ihrem Lebensweg geben.

Obschon uns der Sinn mancher Ereignisse auf den ersten Blick nicht sichtbar wird, so fügt sich alles mit der richtigen Einstellung dazu.

Du hast sie verinnerlicht.

Deine Schwester *Eva-Maria*

Epilog

Liebe Pilgerin,
lieber Pilger,

allein die Tatsache, dass der Jakobsweg vor unserer Haustür beginnen könnte, sagt aus, wie vielfältig er ist.

Eine Pilgerreise, noch so gut vorbereitet, führt jeden auf einen ganz anderen Weg, selbst wenn er derselbe ist.
Mein Weg begann mit einer kindlichen Bitte an Gott. Heute weiß ich, dass ich viel härter im Nehmen bin, heute ist mir klar, dass ich für einen anderen Menschen unentdeckte Kräfte entwickeln und dass ich durchhalten kann.

Der Pilgeralltag mag einfach erscheinen. Nur aufstehen, gehen, essen und dann wieder auf einer mehr oder weniger komfortablen Matratze im Stockbett schlafen. Das ist es nicht. Es ist mehr, viel mehr. Ich erlebte den Weg intensiv, mit Haut und Haaren. Es ist hier vieles so anders: die Gerüche, die Umgebung, die freundlichen und zuvorkommenden Menschen, die einem mit großem Respekt gegenüber treten. Ich empfand, dass der Weg seine eigenen unsichtbaren Gesetze hat. Kein Wunder, denn seit über tausend Jahren gehen Sinnsuchende auf ihm. Er bringt einen dazu, sich mit sich selbst auseinander zu setzen. Er lässt uns zweifeln und verzweifeln. Bei widrigen Umständen weiter zu machen, sich durchzukämpfen, das macht es aus, um dann am Abend glücklich darüber zu sein, es doch geschafft zu haben.
Einmal schrieb ich meinem Bruder im Schneidersitz vor einem Acker mit gestutzten knorrigen Weinwurzeln sitzend, roch die von Tau überzogene Erde, nahm mir

Zeit für diesen Augenblick. Die Sonne stand auf zehn Uhr, fühlte sich gut an auf meinem Rücken. Ich staunte über die Symmetrie der Rebstöcke.

Ohne Zerstreuung, den der Alltag bot, wurde ich wacher für die Sorgen und Ängste meines Bruders. Ich fragte mich, wie er sich fühlt in seinem Leben mit anderen Vorzeichen? Wie viel Kraft kostet es ihn, hoffnungsvoll und zuversichtlich den nächsten Tag anzugehen? Ist er manchmal zornig auf Gott und den Rest der Welt?
In diesen Momenten der Ruhe drängten sich mir solche Gedanken auf.

Anfangs noch stellte ich mir die Frage, ob nicht das ganze Leben eine Pilgerschaft bedeutet. Dies muss jeder Mensch für sich selbst entscheiden.

Wenn ich an die Zeit auf dem Jakobsweg zurück denke, erkenne ich, wie mich der Camino veränderte. Er öffnete mir wieder die Augen für das Wesentliche im Leben und gab mir die Zuversicht zurück, dass ein unerschütterlicher Wille und der Glaube, das Richtige zu tun, vieles überwinden kann.

Eva-Maria Heiland

Atlantischer Ozean

La Coruña

Santiago
de Compostela

X
Cabo
Finisterre

Monte do Gozo
Pedrouzo
Melide
Palas de Rei
Gonzar
Portomarín
Sarria
Triacastela
La Faba
O Cebreiro
Vega de Valcarce
Villafranca del Bierzo
Cacabelos
Ponferrada
Molinaseca
Manjarín
La Cruz de Hierro
Foncebadón
Rabanal del Camino
Astorga
San Martín del Camino
León
Reliegos
El Burgo Ra
Sah
Calzadilla de la C
Carrión d

PORTUGAL

Porto

Salamanca

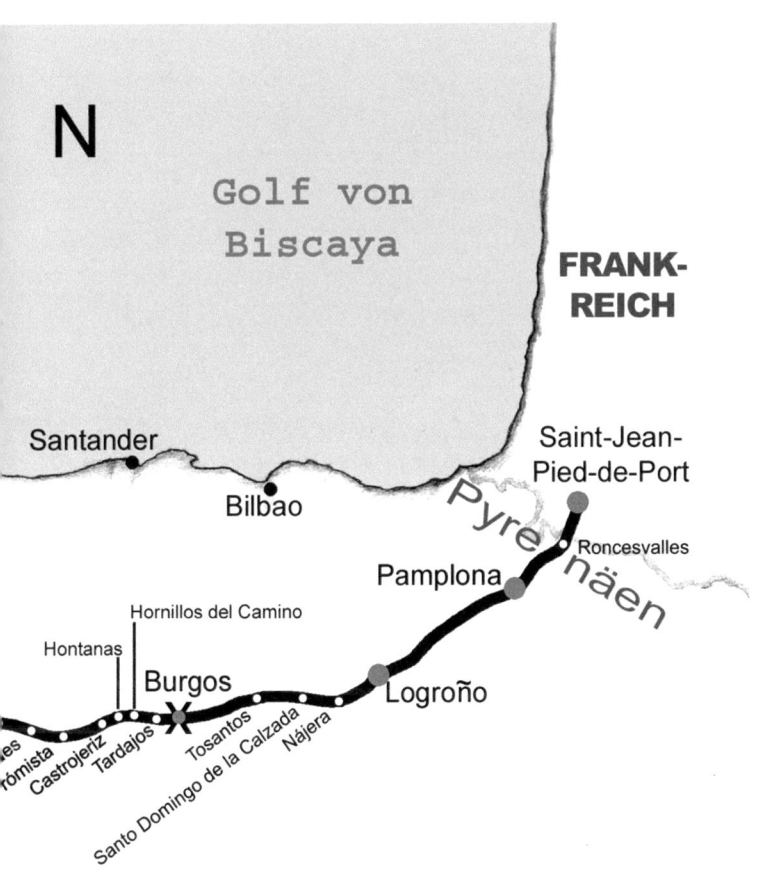

N

Golf von Biscaya

FRANK-REICH

Santander

Bilbao

Saint-Jean-Pied-de-Port

Pyrenäen

Roncesvalles

Pamplona

Hornillos del Camino

Hontanas

Burgos

Logroño

es

rómista

Castrojeriz

Tardajos

Tosantos

Santo Domingo de la Calzada

Nájera

PANIEN

Kartengestaltung:
Christa Inzenhofer

Madrid

Eva-Maria Heiland

ist 1963 in Neumarkt in der Oberpfalz geboren, in der sie ihre Kindheit und Jugendzeit verbrachte. Nach ihrer Ausbildung als Bürokauffrau lebte sie in Nürnberg und für fast ein Jahr in England. Der zweite Beruf, Geprüfte Sekretärin, verschaffte ihr einen tieferen Einblick in Sprache und Rhetorik.

Seit 2000 lebt sie in München. Ihr erstes Buch „Stimmungen" erschien 1998, das sie während eines längeren Aufenthaltes in Südafrika schrieb. Seither erschienen Prosaerzählungen wie „Das Wort", „Afrikas Weisheit", das Hörspiel „Fenster zum Hof" und viele lyrische Gedichte.

Sie ist Gründungsmitglied des Bentlager Kreises, der seit 2001 ein Forum für schreibende und bildende Künstler ist.